KREAM KORNER

ANNA KATHARINA
FRÖHLICH

KREAM
KORNER

ROMAN

BERLIN VERLAG

Die Tür öffnete sich in den widerhallenden Flur des alten Stadtpalastes, aus dessen schattigen, hohen Seitenräumen eine muffige Kühle wehte, eine stark nach Dunkelheit, nach nassem Dackelfell und Mottenkugeln riechende Kühle, die zugleich aus den schwarzweißen Marmorböden, aus den allsommerlich mit der Feuchtigkeit des Monsunregens vollgesogenen Kalkmauern und aus den Wassereimern stieg, mit denen die Dienerinnen barfuß über die gewischten Böden gingen, Abdrücke ihrer schmalen Fußsohlen mit den auseinanderliegenden Zehen hinterlassend. Im Parterre lag die alte Ms Bill in ihrem Bett. Durch einen offenen Türspalt hatte ich ihre Brillengläser aufspiegeln sehen, hatte das weiße Kissen erblickt, auf dem ihr Kopf ruhte, als ich im Banne des feuchten Geruchs meiner Tante zu der Treppe gefolgt war, die ins obere Stockwerk des Palais führte, dorthin, wo Mr Bill, der Sohn der Ms Bill, in einem elefantengrauen Morgenmantel aus Seide, mit einer kirschroten Bartbinde um das Kinn und einer gelbbeschrifteten blauen Baseballmütze auf dem Diwan in seinem Fernsehboudoir lag, einem intimen Raum, gefüllt mit aschblau bezogenen Sesseln, Stühlen und Hockern aus schwarzlackiertem Rosenholz. Durch die hohen Fenster dieses kleinen Raumes drang das Rauschen des Verkehrs, das Hupen von Autos und Lastwagen, das Klingeln von Rikschas und die Rufe von Straßenhändlern. Im Gartenrondell blühte der letzte Flachs.

Mr Bill trug Pantoffeln in Form venezianischer Gondeln, und seine Augen ruhten dunkel und glänzend auf dem Bildschirm eines Hitachi 1080, der nach dem Tod seiner Frau den Platz des Hausaltars eingenommen hatte. So wie Maripal Singh Bill jetzt dalag, gab er jedem Eintretenden einen Begriff davon, dass ihm diese neue Disposition der Morgenriten besser gefiel als die frühere, dass ihm sein Liegen auf dem Diwan heilig war.

Trotz seiner britischen Erziehung erhob sich Mr Bill nicht aus seinen Polstern, um meine Tante, die Witwe eines Lords, zu empfangen. Zu Lebzeiten Lord Leslies, der, aus für Maripal ganz unerklärlicher Bescheidenheit, niemals diesen herrlichen Titel in Anspruch genommen hatte, hätte sich Maripal ein solches Benehmen niemals erlaubt, doch jetzt war der Lord tot, und Mr Bill betrachtete die Tante als etwas ganz und gar Überflüssiges und Unbrauchbares, als Witwe eben. Früher hatte sie ihm dadurch gedient, dass er sie als Lady Leslie vorstellen konnte. Doch eine Witwe vorstellen! Hieß das nicht eine Tote vorstellen? Mit Lord und Lady Leslie hatte er sich auf den Sikh-Hochzeitsfesten, in den Golfclubs, den Hotelbars und auf den Gartenpartys zeigen können, war mit dem feinen Ehepaar klein und souverän zwischen seine beturbanten Freunde getreten, in der rechten Hand ein Glas *Johnny Walker*, die linke in der Hosentasche. »In the twelfth century«, erzählte er dann, »a flemish noble, Bartholomew, obtained the Barony of Lesly. Sir Andrew Leslie was one of the signatories to the letter to the Pope in 1320 asserting the independence of Scotland.« Diesen Satz hatte er auswendig gelernt, er drang weich und leise zwischen seinen vollen kleinen Lippen hindurch und stand seiner Gestalt ebenso gut wie der pflaumenfarbene oder himbeerrote Turban, wie das Glas Whisky in seiner rechten Hand, wie sein Bauch, der prall und rund wie sein märchenhafter Reichtum war. Wie verklang dieser Satz so mondän in der schwülen Luft eines indischen Gartens, zwischen den Dämpfen von gebratenen Shrimps und Zitronenreis.

In Bezug auf Gesellschaftliches, auf Titel, auf alte Familiengeschichten alter Familien und auf alles, was Geld betraf, war Mr Singh Bill unbestreitbar empfindlich. »He comes from a very good family«: diesen Satz wand er wie einen Lorbeerkranz um den Kopf der jeweils ausgezeichneten Person, denn für Maripal gab es im Leben kein höheres Diplom, als aus einer guten Familie zu stammen. Abgesehen davon war er das Sinnbild eines poesielosen Sikhs, und wäre mein Onkel nicht Lord gewesen, hätte Mr Bill sich über diesen Mann und seine Art, die Lebensstunden zu verbringen, lesend, sammelnd und schreibend, empört. Noch mehr empört aber hätte er sich über meine Tante, die auf keiner Party, keiner Hochzeit und bei keinem Drink unterließ, seine gesamte Familie sozialer Verantwortungslosigkeit zu bezichtigen. Dann saß sie in einem weiten Rock, in einer schlangenhautgrünen Bluse, mit goldenen Kreolen an den Ohren und afghanischen Stammesreifen um die Handgelenke auf einem der moosgrünen Sessel von Mr Raj Narajan Singhs Polsterelementgruppe und hielt ihr leeres Whiskyglas dem Diener entgegen, damit er ihr von dem Getränk nachschenke, dessen in den Geist schießende Wirkung ihr darin beistand, diese Bande verwöhnter Faulpelze im Laufe des späten Abends anzugreifen, Ms Moina Singh Bill anzugreifen, die alle Möglichkeiten, aus ihrem Leben etwas zu machen, der merkwürdig stupiden Auffassung ihrer Sikh-Moral geopfert hatte, oder ihren Bruder, der derart von seinen Privilegien verblödet war, dass er nur noch die Wetterlage klar einzuschätzen verstand. Keiner der Bills antwortete dann. Sie lächelten sich gegenseitig mit Geifer im Blick zu. Ihre Erziehung verbot ihnen, einer laut werdenden Dame Einhalt zu gebieten. »You don't understand India.« »Ich verstehe es nicht, aber ich habe Augen im Kopf, mit denen ich die gepflegten Golfrasen in euren Fabrikgeländen sehe. Habt ihr die etwa für eure Arbeiter anlegen lassen? Und warum ersetzt ihr die Räder der Ochsenkarren nicht durch Gummireifen?« »Too costly«, rief der alte Raj Narajan Singh und strich sich dann mit seinen sehr feinen, langgliedrigen und beringten Fingern den Bart glatt, »this is the government's due«, worauf die Frauen begannen, laut mit ihren Armreifen zu klirren und das Gespräch auf ein Tennismatch, auf ein Sonnenbrillenmodell, ein Dattelkuchenrezept oder auf italienisches Olivenöl zu lenken. »Olive oil is the best!«, rief die alte Ms Raj Narajan Singh, während Maripal von einer Tigerjagd im Jahr neunzehnhunderteinundsiebzig erzählte und »uncle Zutshi«, der Tischdeckenfabrikant, sich eines unvergesslichen Polospiels in Kalkutta erinnerte. Doch da damals meine Tante noch die Frau von Lord Leslie war, wurden ihre Anklagen ebenso wohlerzogen hingenommen wie die Anstoß erregende Liebenswürdigkeit, mit der sie die Dienerschaft der Bills behandelte. Nur einmal hatte der alte Singh sie streng angesehen und zu ihr gesagt: »All is karma!«

Auf dem Hocker vor dem Diwan, der in demselben indischen Stil der anderen Sessel und Stühle war, jenem einzigartigen britisch-orientalischen Möbelstil, der sich nach 1947 in den großen Häusern nicht mehr drastisch geändert hat, stand ein Glas Masalatee, ein Teller mit einem schaumweißen Rührei und einer Toastbrotscheibe, die etwas zu stark geröstet worden war, um als perfekter englischer Toast durchzukommen.

Meine Tante und ich waren in dem Augenblick in das Kabinett eingetreten, als sich Mr Singh Bill gerade zu dem Rührei beugte, im Begriff, das Ei mit Hilfe eines kleinen Silbermessers auf das Toastbrot zu heben. Ein unbestreitbar heikler Moment, der ihm bei unserem Anblick ein leises »ah« entlockte.

Meine stürmische Tante, die sich auf eine tränenreiche Begrüßung vorbereitet hatte, sah ihre geballte Herzlichkeit durch den Hocker und seinen leisen Ausruf behindert und konnte den Ausdruck eines Menschen, der einen Tritt erhalten hat, kaum verbergen, denn sein »ah« hatte eine klare Grenze zwischen sich, der Tante und mir geschaffen.

Ich spürte, dass ich sie mit größter Geschwindigkeit wieder in den Augen unseres Gastgebers aufrichten musste, denn mir lag an Indien sehr viel, und auch an diesem dicken, reichen Mann lag mir. Er wusste es nicht, doch nirgendwo auf der Welt ließ es sich besser leben als in seinem Haus. Weit davon entfernt, mich von seinem Empfang abschrecken zu lassen, ging ich um den Hocker herum und drückte mit etwas abfälligem Ausdruck einen Kuss auf Maripals rote Bartbinde, da sich in Momenten gesellschaftlicher Unsicherheit ein wenig Arroganz immer gut bewährt, und ja, jetzt lächelte Mr Bill. Mein leicht verlogener Kuss musste ihm seine etwas zu bequeme Lage während des Empfangs zweier Damen bewusst gemacht haben, so wie er sich nun auch daran zu erinnern schien, dass er sich ebenfalls im Witwertum befand. Ließ sich jedoch ein bodenlos reicher Sikh-Witwer mit einer ärmlichen Lordwitwe vergleichen? Ein Sikh war auch nach dem Tod seiner Frau ein Sikh, ein schweigsamer, stolzer Kämpfer.

Mr Bill raffte sich also mit der ihm eigenen, nilpferdhaften Grazie aus der horizontalen Lage und ließ sich von der Tante umarmen, die immer noch darauf wartete und damit rechnete, dass er gemeinsam mit ihr in Tränen ausbrechen würde. Nach dem Tod Lord Leslies erwartete sie das gewissermaßen von jedem Menschen, der Leslie gekannt hatte. Maripal jedoch dachte nicht ans Weinen. Auf dem Bildschirm lief eine Kochsendung, von der er mit vielleicht berechtigtem Stolz erklärte, keine einzige verpasst zu haben. In diesem Augenblick schlug die Köchin mit einem Hammer auf einen mit Eiswürfeln, Milch, Sahne, Kardamom und Zimtsplittern gefüllten Plastiksack, um ihre Methode der Eiszubereitung vorzustellen. »I love it«, sagte sie lachend mit dem Hammer in der Hand, während ich spürte, dass meine Tante ihre ganze Kraft dareinsetzen würde, Mr Bill zum Weinen zu bringen. Sie würde sich in ihrem schwarzen Gewand neben ihn auf den Diwan setzen, sich vielleicht nach einer heißen Tasse Tee, nach einer Papayascheibe sehnen, sich Gedanken darüber machen, wie sie durch Maripals Hilfe, der einer der Besitzer des *Clark's* war, den Eintritt zum Hotelpool erlangen könne, ihn zugleich aber mit Fragen bedrängen, die sein Leben nach dem Hingang von Ms Moina Singh Bill betrafen. Ja, sie würde wissen wollen, ob er sich einsam fühle, ob der Tod seiner Ehefrau dieses zum Platzen wohlgenährte, dieses langschlafende, seelenruhige Golfclubmitglied verwandelt und durch den Schmerz aus seiner Seelenverkrustung herausgelöst hatte.

Meine Tante war schon vor dem Tod Lord Leslies eine unkonventionelle Person gewesen, doch nach seinem Tod trieb sie die Konventionslosigkeit auf die Spitze (auch auf ihre Hutspitze, auf der sie seit neuestem einen kleinen Stoffdelphin trug), was mich nicht immer in die angenehmsten Lagen versetzte, wie jetzt, wo ich das Verhör der Tante vehindern musste, denn ihre Gier, über den Tod zu sprechen, rief bei den Menschen eine verständliche Reserviertheit hervor.

In gesellschaftlich prekären Situationen halte ich es für ein bewährtes Manöver der Ablenkung, einen Blick auf die eigene Armbanduhr zu werfen und die Stunde mit lauter Stimme festzustellen, denn das Verrinnen der Zeit geht jeden etwas an und entbehrt nie der Tragik. »Ten o'clock!«, rief ich also erstaunt aus.

Es war zehn Uhr. Seit vier Uhr morgens sangen die Priester Indiens in höhlendunklen und mondweißen Tempeln vor ihren Opferfeuern, im Rauch schwelender Inzensstäbchen, inmitten von Blumengirlanden und Götterstatuen. Auf Indiens Straßen, Gassen und in den Slums kochte, dampfte und zischte es in den Blechtöpfen, das gesamte Leben war in Gang, nur für Mr Maripal Singh Bill schien der Tag erst anzufangen.

Für mich ist es ein Gesetz, den Tag früh zu beginnen. Allerdings werde ich nicht von drei Dienern, vier Dienerinnen, zwei Köchen, zwei Chauffeuren, einer Wäscherin, einem Tag- und einem Nachtwächter, einem Gärtner und einem Hauspriester bewacht, umsorgt, bekocht, bedient, umbetet und begärtnert, die mir den Langschlaf erlauben würden, wie es bei Mr Bill der Fall war, der jetzt eine kleine silberne Glocke aus der Tasche seines Morgenmantels zog, auf deren Geläut hin der Koch im Türrahmen erschien, um der Bestellung von zwei Tassen Tee umgehend nachzukommen. Was Maripals Diener betraf, so hatten sie allesamt den Ausdruck alter Hunde.

Wie herrschaftlich wurde einem in Mr Bills Haus zumute. Es ergriff einen hier immer wieder die beklemmende Einsicht, ein ganz und gar abstoßend trostloses, armseliges und einsames Leben in Europa zu führen. Wie schön war es hingegen, allmorgendlich jemanden heranzuläuten, der sein ganzes Ehrgefühl daran setzte, den Tee so kochend heiß wie möglich zu servieren.

Außer dem gewürzten Tee brachte der Diener auch frischgepressten Granatapfelsaft. »Werry, werry helsi«, sagte Maripal, der seinen Krishnamund an den Glasrand legte, bevor er, wie ein gründlicher Maurer, das Rührei auf sein mit Maggi beträufeltes Toastbrot spachtelte. Die leicht verbrannte Brotscheibe, auf der so schaumleicht und so schaumweiß jenes mit wahrem Könnertum bereitete Ei lag, dessen Geheimnis in der Verwendung nur eines halben Eigelbs und zweier ganzer Eiweiße lag, verschwand mit einer so faszinierenden Langsamkeit in seinem Mund, dass die nach dem letzten Bissen geäußerte Mitteilung »I have to take my bath now« die Tante und mich aus einer Art Starre befreite, in die uns der Anblick des genüsslich kauenden Mundes versetzt hatte. »I have to take my bath now and then I'll go to office«, wiederholte er, ohne sich zu regen, denn es stand noch das Glas Tee vor ihm, das er sich wie gewohnt nach dem Verzehr des Toastbrots vornahm. Eine Änderung dieser Reihenfolge hätte für ihn einen wirklichen Einbruch in sein Leben bedeutet. Seit der ersten Tasse Tee in seiner Kindheit wurden zwei Löffel Rohrzucker dazugegeben, den er so lange in die dampfende Flüssigkeit einrührte, bis sich eine feine Gischt an der Oberfläche bildete.

»Ten o'clock?«, hatte er um zehn Uhr nach meiner Zeitfeststellung ausgerufen, als wäre es höchste Zeit, sich von dem Diwan zu erheben, doch inzwischen hatte die Kuckucksuhr des Esszimmers schon elf Uhr geschlagen, und Maripal lag immer noch im Polster. »I'll be back for lunch at one«, teilte er jetzt mit, zog abermals das Glöckchen aus seiner Tasche und läutete dreimal, worauf der Koch mit einem Notizblock und einem Bleistift in der Hand erschien. Mr Bill legte die Füße auf den Hocker, der von dem Diener abgeräumt worden war, lehnte seinen Kopf an den hinter den Nacken gelegten Arm, schloss die Augen und verfasste den Speiseplan für das Mittagessen. Ohne die Lider zu heben, verkündete er: »Mutton Rogan, Josh, Chicken do-Piyaza, Kheema-muttar, Dal Makhani, Mirch-a-loo.« Seine Stimme klang orakelhaft sicher und leise.

Es war mir gelungen, meine Tante von einer schwärmerischen Trauerrede über Maripals Ehefrau abzuhalten, doch ich selbst befand mich in einer verhängnisvolleren Lage als sie. Seit meinem Eintritt in das Fernsehkabinett hatten sich Scham, Schuldgefühle und Angst zu einer unerträglichen Beklemmung in meiner Brust verdichtet. War es möglich, dass weder Maripal noch einer der Diener im vorletzten Jahr etwas von meinem bedenklichen Auftritt mitbekommen hatte, hier, wo immer ein Dienerauge durch einen Türspalt oder durch ein Guckloch spähte?

Bislang hatte ich jeden Frühling einige Wochen oder Tage bei den Bills verbracht, bis zum letzten Jahr, als sich der peinliche Auftritt ereignete und bald darauf, keinesfalls als Folge davon, mein Onkel starb, der Entomologe gewesen war.

Ich kannte die Bills seit meiner Kindheit, kannte ihre beiden Söhne, seit sie jene kleinen Vor-Turbane trugen, die wie Wollknäuel auf ihren Köpfen saßen. Während damals mein Onkel für seine Arbeit nach Afghanistan, Bangladesch oder Westbengalen fuhr, reisten meine Tante und ich mit den Bills in den Jim-Corbett-Park zur Safari, zum Fischen an krokodilbewohnte Flüsse, zu Elefantenritten und zum Birdwatching. Man fuhr mit der gesamten Dienerschaft, fuhr in mehreren

Autos, fuhr mit Proviant und lautem Gehupe über die Landstraßen. Durch die heruntergelassenen Fenster erblickte ich bunt bemalte Pferdekutschen, schwarze Büffel in Tümpeln, sah Brahmanen unterwegs mit ihrer Kuh. Glockengong aus Tempeln, Geruch von Weizen, Senf und Sesam, Geruch von Ziegenfell, Schlamm und Steinstaub, von Früchten und Jasmin drang in die offenen Fenster, durch die Händlerstimmen eindringlich ihre Waren anpriesen, durch die sich bei jedem Halt etwas streckte, eine offene Almosenhand, eine kleine, schmutzige Kinderhand, eine harte Frauenhand, ein Tablett voll weißer Rüben, eine Orange oder der Kopf einer Kuh.

Vorn, neben dem Chauffeur, saß das Stammeshaupt der Familie Bill, der alte Raj Narajan Singh, einen silbernen Reifen um das linke Handgelenk, einen Ring mit Koralle am kleinen Finger, an den Füßen englische Schuhe, am Körper englische Konfektion. Groß und schlank, saß er aufrecht mit seinem Turban neben dem Lenkrad, als ritte er auf dem Rücken eines Elefanten dahin, den Blick stur geradeaus gerichtet. Tigerjagd, Löwenjagd, Fischjagd, dafür lebte er, und natürlich für das Geld. »They say, money is the root of evil, well, so let me be the root of evil«, war stets der Leitspruch seines Lebens gewesen. An diesen Spruch hatte er sich Tag für Tag gehalten, in diesem Sinne waren sein Sohn und seine Enkel erzogen worden.

Für Bettler war es nicht ungefährlich, in Mr Raj Narajan Singhs Nähe auch nur zu atmen. Zeigte sich einer von ihnen im Fenster, nahm er den Ausdruck eines Tigers an, einen Ausdruck, den alle Sikhs mit beneidenswerter Fertigkeit in ihre Augen zu legen verstehen. Der Einbeinige humpelte unter einem solchen Blick, so schnell er konnte, davon, der Beinlose auf seinem Rollbrett rollte zwischen den Autos, Kutschen und Kühen hinweg, der Leprazerfressene bedeckte das Antlitz mit seinen verstümmelten Fäusten, und der schöne Transvestit schlug voller Hohn beide Arme über seinem falschen Frauenkopf zusammen.

Mr Raj Narajan Singh und all seinen Nachfahren stand der Reichtum äußerst gut zu Gesicht, zum Fürchten gut. Im Stillen mochten die Billmänner von sich denken, sie seien tatsächlich Tiger, Männer mit Tigerherzen, Geldtiger, und diese Überzeugung, unbesiegbar zu sein, machte den merkwürdigen, herrschaftlichen Jagdzauber aus, der in ihren im Punjab und in Uttar Pradesh gelegenen Palais und Gärten, in ihren Bergchalets in Simla lag, wo über den Kaminen Leopardenfelle hingen, wo es einen aus ausgestopften Löwenköpfen anfletschte, wo einen grüne Glastigeraugen anfunkelten, wo Gewehre und Pistolen hinter Vitrinen zur Schau standen, und gleichsam in ein und demselben Atemzug verachtete und liebte man die Bills für diesen dubiosen Revierzauber.

Mein Onkel und meine Tante versäumten keine Gelegenheit, die Bills maßloser *Readers Digest*-Dummheit, zügelloser Ausbeutung ihrer Diener, Land- und Fabrikarbeiter, sie ihrer die Lächerlichkeit übersteigenden Konversationskunst zu bezichtigen. Noch nachts im Bett lachten sie über die Bills, lachten sogar bisweilen frei heraus, wenn sie sich unter ihnen befanden, doch beide wollten auf die Gunst der Bills nicht verzichten. Der Clan zählte Onkel und Tante zu seinen *family members*, eine Nominierung, die Lord und Lady Leslie natürlich ehrte. Mir wollten als Kind die Bills weder dumm noch ausbeuterisch vorkommen. Frauen und Männer der gesamten Familie waren Gegenstand meiner Liebe und Bewunderung. Wie leicht erschien mir der Umgang mit ihnen! Die Frauen in ihren Seidensaris hatten etwas von Soufflés und Windbeuteln an sich, sie umglitzerten einen mit ihren Diamanten, Smaragden, Rubinen, Perlen und Amethysten. Sie alle liebten es, zu lachen. Sorgen, Kummer, Schmerz, Angst, das waren Worte, die niemals unter ihnen auftauchten. Der Tod war ein verleugnetes Phänomen, ein Störenfried, für den weder ein Platz im Golfclub noch im Beautyparlour oder auf einer *lady party* zu finden war. Es waren Menschen, die mit befremdender Würde den Tod übersahen, ja ihn mit ungewöhnlichem Selbstbewusstsein aus ihrem Leben ausschlossen. Und was das für ein Leben war! Leben gebettet auf Polstern, auf Sofapolstern, Sesselpolstern, Sattelpolstern, Autopolstern und Bettpolstern. Beschloss die alte Ms Raj Narajan Singh, sich von ihrem Haus in das Haus ihrer Schwiegertochter zu begeben, wurde der Wagen vorgefahren, ein kleiner Hocker zum bequemen Einstieg auf den Hintersitz vor dem Wagenschlag aufgestellt und die alte Dame vor das nur drei Häuser weiter liegende Anwesen gefahren. Ihre Beine nahmen die Bills lediglich für ein kleines Sportprogramm in Anspruch, wenn der gesamte Clan, nach den allabendlich im Fernsehen gesehenen *Simpsons*, sich in einem der Familiengärten einfand und zwanzig Fußrunden drehte. Durch die Stäbe des Zaunes hindurch konnte ein Bettler oder ein ambulanter Zigarettenverkäufer etwa dreißig auf und ab marschierende Sikhs mit ihren Frauen sehen, unter deren Saris weiße Adidasturnschuhe hervorsahen – denn für diese Abendrunden zog sich die gesamte Sippe um, zog weiße Laufschuhe an, nahm die Turbane ab und setzte Baseballmützen auf, derweil die Diener mit Wasserkaraffen und Wassergläsern sich im Dunkel der Bäume hielten. Dass meinem Onkel und meiner

Tante bei einem solchen Anblick begreifliche Bedenken aufstiegen, ist nur verständlich. Ich hingegen war überzeugt davon, mich aufs Wunderbarste in einem derartigen Leben, wie es die Bills führten, einrichten zu können.

Ms Moina Singh Bill war die Ehegefährtin von Mr Maripal Singh Bill und die Tochter des Stammesoberhauptes Raj Narajan Singh gewesen. Mit ihren schwarzen, langen Haaren, ihren kindlich blickenden Giraffenaugen und ihrer Schlankheit nahm sie sich neben ihrem Mann wie eine Anakonda neben einem Elefanten aus, auch wenn ich zugeben muss, dass, wenn es jemals so etwas wie den Chic eines Elefanten gegeben hat, Mr Bill ihn verkörperte. Ms Moinas Gesicht war zum Einschlafen nobel, ein Mogulgesicht. Sie war eine geborene Gastgeberin, Ehefrau und Mutter, und wenn sie lachte, den Kopf über ihren Schoß beugte, dann glitzerte der Diamant in ihrem rechten Nasenflügel auf. Die Usance der gesamten Bills, Geldwitze zu reißen, hatte sie nicht übernommen. Sie war fein, viel feiner als ihr Mann. In ihrem Schrank stapelten sich die Schals aus Paschminawolle, lagerten in Schichten die golddurchwobenen, die silberdurchfädelten, die handbedruckten Winter- und Sommersaris. Unter ihrem Bett standen pailettenbestickte Pantoffeln. Ihre Schminke kam aus Amerika, ihre Schuhe aus Italien. In ihren Schmuckschatullen musste es paradiesisch zugehen. Im Vergleich mit ihren Verwandten war sie etwas offener und ließ sich auf Gespräche, die die Lage ihres Landes angingen, mit mehr Gelassenheit ein, doch auch *ihre* Augen wurden dunkel, sobald meine Tante auf die Armut in Indien zu sprechen kam. Davon wollte auch die feine Ms Bill nichts hören. Sie tat, was alle ihre weiblichen Verwandten taten: Sie teilte bei jedem ihrer Besuche im Gurdwara-Tempel ein paar Rupien aus.

Im Mai flog sie mit der gesamten Familie nach Kenia auf Safari, Mitte Juni ging es für vierzehn Tage mit ihrem Mann nach London, im Juli reiste sie durch Frankreich, Spanien oder Italien, den August verbrachte sie in ihrem Chalet in Simla. Ob es Janamashtami, Dussehra, Diwali, Guru Nanak Jayanti, Guru Gobinds Geburtstag, ob es Basant Panchami, Holi oder Baisakhi war, alle Feste wurden gefeiert, bis sich das Jahr an Weihnachten mit Truthahn im Golfclub schloss. Es gab nur selten Abende, an denen man Ms Bill zu Hause antraf. Blieb sie jedoch einmal im Haus, so erwartete sie die ganze Verwandtschaft und zahllose Gäste bei sich. Dann hallte das Haus von Stimmen und Gläsergeklirr wider. In den Vasen standen Tigerlilien. Im Winter saß man am Kamin und trank Johnny Walker. Dass einer ihrer ständigen Gäste, ein Cousin, sich aus dem zwanzigsten Stockwerk eines Hotels gestürzt hatte, wurde als äußerst störend empfunden. Wie war das für alle Bills peinlich gewesen, als der umfangreiche, sehr haarige Cousin wie ein überfahrener, blutüberströmter Bär mitten in der Stadt auf der Straße lag, einer der reichsten Bills und noch dazu ein Junggeselle, der eine so gute Partie für eine seiner vielen Cousinen zweiten und dritten Grades hätte abgeben können. »He was a nasty boy«, sagte Ms Bill, »he shouldn't do that.« Was diesen Cousin betraf, so hatte sich meine Tante damals seiner angenommen und ihn zu einem berühmten Psychiater geführt, der lediglich feststellte, dass einem von seinem Reichtum so verfolgten Mann nur die Flucht übrigblieb.

Im vergangenen Jahr um die gleiche Zeit verbrachte ich nach einer Reise durch Bihar die letzten drei Tage meines Aufenthalts in Indien bei den Bills in Lucknow.

Man hatte mich in einem Raum einquartiert, der stark an einen Vogelkäfig erinnerte. Unter der hohen Zimmerdecke gelegene Gitterfenster öffneten sich in das Geäst eines Peepalbaumes, der unter dem Anflug grüner, rotschnabeliger Papageien bebte, leise knackte und krachte. Blätterklänge, Flügelflattern, darin lag mein Bett, hoch im Schatten des Laubes. Aus dem Kleiderschrank von Ms Moina drang Naphthalingeruch.

Als ich damals diesen Vogelraum betrat, fiel mich mit Macht das Gefühl an, mit allen Fasern des Herzens am Ziel meiner Reise angekommen zu sein. Nicht auf allen Reisen fühlt man sich an den Orten der Ankunft ans Ziel gelangt, ja meist strebt das Herz wieder woandershin. Es hätte Mr Bill beunruhigen können, dass ich mich in seinem Haus derart wohlfühlte. Er bildete sich ja überraschend viel auf den Familienbesitz dieses im Kern der Stadt gelegenen Palais ein. So verschwieg ich den Frohsinn, das Hochgefühl, die Glückseligkeit und die Lust, die seit der Ankunft in der Voliere in mir aufgestiegen waren. Es war klüger, sich mit so einem Gefühl dezent zurückzuhalten. Aber ich war hilflos vor Glück. Ich verzehrte auf der Dachterrasse ein Gurkensandwich nach dem anderen, während mit dem Sonnenuntergang Feuergeruch aufstieg. Ich aß mich in diesen Augenblick der Dämmerung hinein, als Mr Bills älterer Sohn Manjithia an meinen Tisch herantrat und mich einlud, ihn zu einem Sufi-Konzert in der Residency zu begleiten.

Die Stimmen und die Klänge des Shye Ben Tzur, des Shujaat Husain Khan, des Shafquat Ali Khan, des Masood Habibi schwangen sich in die nächtliche warme Luft. Die Zuhörer lagen und saßen auf weißen, über den Rasen gebreiteten Baumwolltüchern, stützten sich auf runden Kissen ab, schliefen ein, klatschten zum Takt mit der Hand, erhoben sich, um mit einem Pappbecher voll Maggisuppe von einem in Rauch gehüllten Suppenstand zurückzukehren, lachten leise miteinander und kauten *pan*, das wie Blut zwischen ihren Lippen hervortropfte. Aus den Gräsern, aus den Gräbern wehte es feucht. Die Echos der Sängerstimmen hallten aus den Ruinen wider. Hoch am Himmel, im Licht der Scheinwerfer, kreisten Nachtvögel. Shafquat Ali Khan hielt sein rotes Instrument wie eine saftige Frucht zwischen den Händen, drückte es an seine Brust, ließ es in den Schoß sinken, umklammerte es von neuem, klopfte es ab, als sei noch mehr aus ihm hervor-, ein noch qualvollerer Laut aus ihm herauszupressen. Klagend, schreiend, heiser, hauchend, schallend sang er sich in Seraphimshöhen hinauf und in Teufelstiefen hinab, hin und wieder einfach nur leise und weise lachend, ein verführendes Wort ins Publikum werfend, seinen Begleiter mal fragend, mal herausfordernd um Antworten bittend.

Manjithia Singh Bill saß neben mir. Er saß jung in der Nacht da, jung und bis zur Apathie verwöhnt, vollkommen gesättigt und in eleganter Indifferenz, doch mir war er unsagbar lieb in seinem herablassenden Überdruss, in seiner ausgeglichenen Unlust an allem, was ihn so klingend und tönend umgab. Mond, Gräber und Sänger ließen ihn kalt. Er saß mit fischblütiger Gelassenheit inmitten des Musikfestes, und ich konnte nicht anders als ihn schön finden. Unter meiner Führung, dachte ich, würde er die vielleicht einmalige Gelegenheit ergreifen können, aus der arroganten Müdigkeit aufzuwachen. Ich streckte meine Füße mit den roten Sandalen in seine Nähe, von denen er ebenso wenig Notiz nahm wie vom Vollmond am Himmel.

Lange nach Mitternacht schlich ich an Manjithias Seite an der Schlafzimmertür der alten Ms Bill vorbei. Die Stockschläge des Nachtwächters auf die Steinplatten des Hofes hallten im Haus wider. Durch die zwischen die Fensterleisten eingefügten Moskitogitter zog klebrig süßer Blütenduft. Hunde bellten. »Manjithia!«, rief die Stimme der Großmutter in die stillen Räume. »Manjithia! Say goodnight to grandma!« Der Enkel trat mit hinter dem Rücken gekreuzten Armen in das Zimmer seiner Großmutter und führte zum Gruß seine rechte Hand zu ihrem geschwollenen Fuß, den sie ihm unter dem Saum der Bettdecke entgegenstreckte. »Did you enjoy the concert?«, fragte sie mit ihrem Eidechsenblick. »No mosquitos?« »No mosquitos.« »No mosquitos?«, fragte sie erstaunt zurück. Dies war das Muster einer Unterhaltung im Hause der Bills.

Im zweiten Stockwerk lagen Mr und Ms Bill in ihrem Bett, um sich herum die vier alten, schnarchenden Dackel. Auch der Diener Jagath schlief, doch als er Manjithias Schritte hörte, sprang er aus seinem Schlaf auf der am Terrassenboden ausgebreiteten Filzdecke auf, zog eine wollene Kappe über den Kopf und rannte in die Küche.

Mr Singh Bill war geizig. Der Reichtum gab ihm naturgemäß zu rechnen. Er rechnete alles Nachrechenbare durch, die lächerlichen Summen der von den zwei Köchen erhaltenen Einkaufsrechnungen (auf Zeitungspapier, in Bleistift hingeschriebene Bananen- und Chilipreise), die an die gesamte Dienerschaft auszuzahlenden Gehälter, die Preise der Whiskyflaschen, die winzigen Tempelspenden, die Flugticketpreise, die Preise der einzelnen Rollen Toilettenpapier für die Gäste, den Preis jeder einzelnen Briefmarke und jedes Fliegenfängers, alles, alles wurde bis ins Kleinste durch- und nachgerechnet. Die in dieser Nacht von Manjithia geöffnete Flasche Rotwein, deren Inhalt nach abgestandenem Blaubeersaft schmeckte, würde ihm am folgenden Morgen ebenfalls zu rechnen geben, doch jetzt stand die Flasche noch voll auf dem Tisch unter dem an der Zimmerdecke kreisenden Ventilator, der die Säume der Tischdecke hob. Der gesamte Raum war beflügelt. Die in den Gläsern stehenden Papierservietten fächelten vor sich hin, das Haushaltsbuch der Ms Bill blätterte sich auf, der Wind fuhr zwischen die Seiten der *Hindustan Times*, eine Vorhangquaste schlug im Pendeltakt gegen die Terrassentür, und der Rohrzucker aus Ms Bills englischer Zuckerdose stäubte wie Sand über den Tisch hinweg. Jenseits der Palaisfenster tötete die Hitze Hunderte von Menschen, doch das war jenseits. Im Hause der Bills saß man im Ventilatorenwind, im Blickfeld des Dieners, der in einer alten, fadenscheinigen Soldatenuniform am Tischende stand und seine Augen stur auf den Teller seines jungen Herrn gerichtet hielt. »Pani«, befahl Manjithia, »pani!«, worauf der Diener um den Tisch herumging und seinem Herrn Wasser aus einer Karaffe ins Glas goss.

Ich wusste, dass hinter der hohen weißgekalkten Wand des Esszimmers das Ehebett der Bills stand, die seit undenklichen Zeiten die Kommoden in ihrem Schlafzimmer durch hohe Eisensafes ersetzt hatten, auf denen sich Aktenkoffer und kleinere Safes türmten. Man musste im Flüsterton sprechen, um die kranke Mutter nicht zu stören, die nun nicht mehr einer Dame auf einer Mogulminiatur, sondern vielmehr dem Mahatma glich, so kahlköpfig und hager war sie inzwischen geworden, so dünn und rund saß eine Silberbrille auf ihrer Gandhinase. Seit ihrer Krankheit war sie zu einer gereizten

Frau geworden. Nachts rief sie zuweilen mit säuerlicher Stimme nach ihrem älteren Sohn Manjithia, damit er zu Füßen des Ehebettes sein Nachtlager aufschlug, um durch seine Gegenwart Mr Bill zu strafen, der Ms Bill in seiner prangenden Gesundheit kränken musste. Sie genoss nun eine ihr bislang unbekannte Macht, die im ganzen Haus spürbar war. Auch jetzt drang sie durch die Schlafzimmerwand hindurch, und es war diese tyrannische Ruhe, die mich aufregte. Die Flasche Rotwein war in kürzester Zeit ausgetrunken. Ich verspürte die Lust, in der Stille laut herauszulachen, der Dumpfheit, der Flauheit, der grenzenlosen Müdigkeit aller Bills entgegenzuarbeiten. Es war unverantwortlich von mir, auch außerordentlich sinnlos, die Bills zu hintergehen, ihren Sohn auf Abwege führen zu wollen, doch aus angelesener Erfahrung wusste ich, dass nur wer Abwege betritt, auf den Geschmack des Lebens kommt, und so setzte ich alle nur denkbaren Kunstgriffe in Gang, um die ans Verbrecherische grenzende Mattigkeit des Sohnes zu durchdringen. Ich redete in dieser Nacht auf ihn ein, redete über die Bücher, die ich las, über die Bilder, die ich liebte, die Musik, die ich hörte.

Mein genialer Urgroßvater, der sein Leben lang Studien über Lukrez geschrieben und sich auf einem Schrank erschossen hatte, muss mir etwas von seinem Talent vererbt haben. Ihm habe ich zu danken, wenn ich in Gesellschaft von Tretmühlengesichtern in Schwung- und Bogenkraft gerate, wenn mich die Kühnheit überkommt, Menschen durch meine wortrauschende Unterhaltung ihre eigene Rauschlosigkeit vor Augen zu führen. Ich bin der Meinung, dass es sich in jeder Hinsicht lohnt, unterhalten zu können, doch in der Gesellschaft der Bills fiel mir diese selbstgestellte Aufgabe mehr als schwer. Wenn sie etwas wie die Pest fürchteten, so war es der Rausch, das Geschwärme, das Traumbezirk-Berührende.

Zu meiner eigenen Erheiterung muss ich gestehen, dass der Sohn auch nicht eine jener Gaben besaß, die in meinen Augen einen Menschen verlockend machen. Stumpfsinn, Undankbarkeit, Geistlosigkeit, Leidenschaftslosigkeit, Phlegma und Dünkel lagen in seinem Wesen. Ich war auch nicht in ihn verliebt. Er war nur der fassbare Körper, durch den ich das berühren wollte, was ich wirklich liebte. Durch einen einzigen Kuss auf seinen Mund wäre ich vielleicht da hineingeraten, wohin ich seit meiner Kindheit geraten wollte, in das Herz dieses mich bis in die Träume verfolgenden Landes. Durch einen einzigen Kuss hätte ich mich all dessen bemächtigt, in dessen Besitz ich von jeher gelangen wollte. Ein Kuss führt uns in die Welt des Geküssten wie einen Eingeweihten ein. Ein Kuss ist der Eintritt in ein fremdes Reich und somit auch seine Eroberung. Und nichts anderes hatte ich im Sinn, als mir das gesamte Palais und seine Einwohner einzuverleiben, in die Rufe der Papageien, in die Pfauenschreie aus den Gartenhecken, in die schweigsame, auf der Dachterrasse die Wäsche plättende Büglerin, in die kleinen Bettlermädchen, die mit offener Hand vor dem Billtor standen, einzudringen, sie mir für immer ins Gedächtnis einzuschmelzen. Umso zermürbender war es, keinen Funken Neugierde in dem Sohn zu wecken, ihn nicht aus dem Netz seiner vorgezeichneten Lebensvorstellung befreien zu können. Er saß fest, so fest, dass seine Unverrückbarkeit zum Stachel meiner wachsenden Unruhe wurde. Ich begann mir einzureden, dass er vielleicht einen Gran anders als all seine Verwandten war, dass er vielleicht doch hinter der Tigerjägermaske und dem Vogelschaublick ein interessanteres

Herz als die anderen besaß. Und da meine Stunden im Haus der Bills gezählt waren, da die Gelegenheit mir einmalig erschien, beschloss ich, ihn, auf Teufel komm raus, an mich zu ziehen.

* * *

Mr Maripal Singh Bill stand in einem rotseidenen Morgenmantel auf der Dachterrasse. Sein offenes Haar wehte leicht im Wind auf. Ein kupferrotes Band war um seine Stirn gebunden. Es war die Stunde, da er ohne Turban seine erste Morgenzigarette rauchte. Eines ihrer Gesetze verbietet den Sikhs das Rauchen. Aus diesem Grund rauchte er niemals im Haus, sondern auf der Terrasse, als löste sich dieses Gesetz an der frischen Luft auf. Er sah aus wie unser aus Europa nach Asien geflüchteter Weihnachtsmann, stand auch so fest und zärtlich auf seinen kurzen Beinen, einen Fuß nach Westen, einen nach Osten gerichtet. Der ganze spätmorgendliche Hausfrieden, der Dampf des soeben eingenommenen Masalatees stiegen noch aus seinem offenen Bart. Das Schaumei lag in seinem Magen, er hatte die *Tribune*, die *Times of India* und den *Indian Express* durchgeblättert, die CNN-Nachrichten im Fernsehen gesehen, war während der Berichte immer wieder auf himmlische Weise eingenickt, hatte aus dem Fernsehboudoir seine kranke Frau im Schlafzimmer angerufen und ihr die Ankunft des Arztes gemeldet. Seine braunen runden Augen blickten mit der kindlichsten, ja, mit säuglingshafter Zufriedenheit von der Höhe des Daches auf die Stadt. »Good morning!«, rief er, als ich aus meinem Vogelzimmer trat. »How did you sleep?«, fragte er mit einer unnachahmlichen Melodie in der Stimme, die ebenfalls etwas von der bartumhüllten Güte eines Weihnachtsmannes in sich trug. Es war seine Golfclubstimme. Ich küsste ihn ins Barthaar, zwischen uns der Bauch, so weich wie ein über Nacht aufgegangener Hefeteig.

Maripal schien es jeden Morgen von neuem zu gelingen, jeglicher Sorge den Zutritt zu seinen Genussriten zu verwehren. Erst wenn alle Breakfast- und Waschzeremonien, erst wenn seine Wills Classic Brand auf der Dachterrasse geraucht war, ließ er sich auf die Unannehmlichkeiten des Lebens ein, von denen er nie im Leben behauptet hätte, dass es sich um Unannehmlichkeiten handeln könnte. Alles, was in die Rubrik Ärger oder Besorgnis gehörte, nannte er *business* oder *office*. Besorgniserregend war der gesundheitliche Zustand seiner Frau, war der Umstand, dass sein jüngerer Sohn Govind langes Haar trug und den Beruf des Fotografen statt, wie Manjithia, den des Vermögensverwalters erwählt hatte. Ja, Mr Bill besaß irgendwo in der Stadt ein Büro, wo sein Fahrer ihn für eine oder zwei Stunden hinfuhr, doch lag dieses Büro so unwirklich in irgendeinem so unwirklichen Teil der Stadt, dass ich zuweilen annahm, es gebe dieses Büro gar nicht und Mr Bill lasse sich für diese Zeitspanne durch Lucknows Straßen fahren. Ich konnte mir ihn in keinem Büro der Welt vorstellen, und doch behauptete er, »seine Firma« stelle Software her. Diese Firma musste er eigens zu dem Zweck ins Leben gerufen haben, sich selbst den Anschein eines beschäftigten Mannes zu geben.

Mr Bill war so bodenlos vermögend, dass seine einzige Arbeit die Verwaltung seines Reichtums hätte sein müssen. Diese Arbeit jedoch hatte er schon lange seinem älteren Sohn Manjithia in die Hände gelegt, der ebenfalls um elf Uhr morgens von sich behauptete, er gehe zur Arbeit, wenn er sich in ein zwei Straßen weiter gelegenes, leerstehendes Palais begab, sich dort in einem dunklen, von Vogelstimmen widerhallenden Saal vor einer Arena aus achtzehn Computern niederließ und auf den Schirmen die Aktienkurse in der Welt verfolgte.

Es versteht sich von selbst, dass meine erste Erkundigung am Morgen dem Gesundheitszustand von Ms Moina galt. »Oh, she's fine. She's right now having her papaya and waiting for the doctor. He's the best doctor in town! He says she will be alright in two months. God is great in this moment.« Wie klang das beruhigend. Gott benahm sich großartig gegenüber den Bills. Die gegenwärtige Lage der Dinge erschien Mr Bill vorzüglich: »It's a lovely day today! Nice and cool.«

Achtunddreißig Grad von hoher Feuchtigkeit durchdrungene Hitze maß die Temperatur im Schatten. Ich trat an Ms Moinas Bett, die fahl wie ein alter Hundeknochen dalag. Sie verfolgte durch ihre runde Brille ein Tennismatch auf dem Fernsehbildschirm. Die Papayascheibe lag unangetastet auf einem Teller. Da, wo einst der Diamant in der Nase aufgeblitzt hatte, war nun ein längliches, dunkles Loch zu sehen. Ihre Perücke hing am Bettpfosten. Eine Dienerin saß auf der Bettkante und massierte ihre schmalen, langen Zehenglieder. Plötzlich sah sie wunderbar weise aus, wenn dieser Eindruck auch durch ihre Betrachtung des Tennismatches abgeschwächt wurde. »A werry interesting match«, begrüßte sie mich nach einem Jahr, da wir einander nicht begegnet waren und die Krankheit ihrem feiernden Dahinleben ein Ende gemacht hatte. Ich griff nach ihrer heißen, zerbrechlichen Hand, deren Zierde die mandelförmigen, karminrot gestrichenen Fingernägel gewesen waren. Abgebissen. Ergab sich nun ein Einblick in jene Region, die sich hinter der Clubmitgliedmiene aller Bills versteckte? »Wie geht es?«, fragte ich in der gespannten Hoffnung, sie offenbare sich. »Thank you, fine. The doctor says I have to eat papaya but I can't stand them. Have you had your morning bath? It's a lovely day today. Nice and cool!«

Sie rief auf ihrem Handy den Diener an, damit er den Rosenstrauß, den ich ihr kurz zuvor durch ihr Mädchen hatte überreichen lassen, in den Flur trage. »I can't stand the smell of flowers.« Auf den Konsolen des Flures standen duftende Blumensträuße, blühten wie stets zu all den Festen, Dinners und Drinks vor sich hin, ohne dass Ms Moina sich daran freuen konnte. Alltäglich wurden ihr Blumen geschickt, ohne dass einer der Blumensender auf den Gedanken gekommen wäre, dass Ms Singh Bill sie weder riechen noch sehen wollte, nun, da ihre Feste ausgefeiert waren. Ich schämte mich meines Geschenks und beschloss, ihr ein Buch aus der Stadt mitzubringen, die Gedichte des Baulsängers Lalon Fakir.

»Fresh like a rose, isn't she?«, fragte Mr Bill, als ich aus dem Schlafzimmer trat. Eine aufdringliche, nicht zurückzuhaltende Träne rollte mit abstoßender Autonomie über meinen Nasenrücken. »For money changing go to *Thomas Cook*! And see you for lunch. I'll leave for office now«, rief er mir nach.

Der lange Esszimmertisch, der in Tausenden von Nächten als Buffettisch gedient hatte, war für zwei Personen gedeckt. Ein rundes Fliegennetz lag als Schutzdeckel über meinem Wasserglas. Ich schloss aus dem zweiten Gedeck, dass einer der Söhne noch zu frühstücken hatte.

»Good morning, mam. Tea? Pineapple juice?«

»Ms Moina is not feeling well«, sagte ich, um von dem Diener Jagath, der auf seinen Plattfüßen neben mir stand und mich mit seinem unsagbar traurigen Hundeblick ansah, ein Wort der Angst zu hören.

»Ms Moina werrrry bad. Ms Moina heaven.«

Der rechte Türflügel des Esssaales klappte auf. Aus seinem verdunkelten Zimmer trat wie eine betrunkene Madonna der jüngere Sohn der Bills. Nikotingeruch zog aus seinem taillenlangen, wie Lederfransen um seinen Oberkörper fallenden Haar. In seinen braunen, stark leuchtenden Augen lag noch schwankend der Rausch der Nacht. Er hielt sich einige Sekunden besinnungslos an den Türleisten fest, ehe er einen Schritt ins helle Licht wagte. Lang war nicht nur das Haar, lang waren die Beine, Arme, Finger, lang waren der Rücken und der Hals. Seine Füße sahen unter dem Saum eines japanischen Morgenmantels hervor.

Seine obszöne Schönheit rief eine gewisse Scheu in mir hervor. Es war ihm anzusehen, dass er beim Aufwachen die angenehmsten Erinnerungen an sich selbst hatte, Erinnerungen an seine Nacht in Tony's Bar, es war ihm anzusehen, dass ihm Frauen und Männer zu Verfügung standen, dass ihm die ganze Welt zu Diensten war. Die Eitelkeit hatte ihm jegliche Scham genommen. An der Wand seines Zimmers hing eine Fotografie von ihm, auf der er nackt, hermaphroditisch und mit wehendem Haar auf einen Gletschersee zulief. Mit fünfundzwanzig Jahren hatte Govind Singh Bill seine eigenen Diener, die für ihn arbeiteten, die für ihn rannten, wenn er nach Zigaretten, wenn er nach Zahnpasta oder nach einem Regenschirm verlangte. Er liebte es, sie loszuschicken, denn schon jetzt ging er wie ein weltberühmter Fotograf durch das Haus seiner Eltern und setzte sich umständlicherweise im Schneidersitz auf den Stuhl am Esstisch. Ein kleines Reich war eigens für ihn auf einem Tablett hergerichtet: da stand ein Glas Orangensaft, eine Schüssel voll Cornflakes, eine Kanne voll Milch, eine von einer Strickmütze gewärmte Teekanne, ein Korb mit geröstetem Toastbrot und ein Schälchen voll bunter Pillen.

Sein Großvater und sein Vater hatten zeit ihres Lebens daran gearbeitet, Engländer aus sich zu machen. Es war ihnen nie gelungen, mit dem Inder in sich fertigzuwerden, doch Maripals jüngerer Sohn gehörte der Generation an, die auf einem seltsamen Umweg über Amerika den Inder in sich entdeckt hatte.

Govinds technisch hochqualifizierte Fotografien, Aufnahmen von Tropenblüten, Raubtieren und Meeresstränden, seine Aufnahmen von nackten, aschebeschmierten Sadhus, denen er mit schamloser Aufdringlichkeit auf den Leib rückte, sein Objektiv gierig auf die artistisch trainierten Genitalien der Sektenanhänger gerichtet, zeugten von einem, seinem Vater und Großvater unbekannten, neuen Selbstbewusstsein seines Landes. Wofür die Väter sich geschämt hatten, das filmte der Sohn.

Wenn abends Gäste auf der Dachterrasse saßen, schlenderte Govind mit seinem Laptop durch die Gesellschaft, warf das Gerät im Mondschein an und ließ seine Sadhufilme laufen, mit dem Klang seiner eigenen, aus dem Apparat dringenden Stimme. Währenddessen goss der Vater den Gästen Whisky in die Gläser, schwenkte Eiswürfel darin und sah stolz und ratlos seinem schönen Sohn zu, der mit den Sadhus Opium rauchte, Yogaübungen machte, in der Morgendämmerung von nächtlichen Exkursionen heimkehrte und in seinem Kinderbett einschlief, dessen Laken allabendlich von einem Diener für ihn aufgeschlagen wurde.

Govind hatte das Gebaren einer Königin. Er benötigte weder einen Turban noch einen seidenen Morgenmantel, um das Gebieterische zu unterstreichen. In zerrissenen, lose um die Taille hängenden Jeans, in Reebok-Sandalen und in einem auf der Brust offenstehenden Baumwollhemd schlurfte er königlich durchs Haus.

Auf seiner Harley Davidson reiste er mit aufgelöstem Haar vom Norden in den Süden des Landes. Er lieferte sich Gefahren aus. Die Malaria konnte ihn ereilen, er konnte ausgeraubt, zu Tode geprügelt, vergewaltigt und betrogen werden. Doch war da etwas, was ihn schützte. Die Sadhus, die Leprakranken, die Andaman-Frauen, die Stammesbewohner, die Kastenlosen, alle diejenigen, denen er sich mit seiner Digitalkamera näherte, wurden bei seinem Anblick von Ehrfurcht ergriffen. Sie sahen ihm seine Herkunft an und dienten ihm, indem sie sich seinem schamlosen Blick nicht entzogen. Und wäre ihm tatsächlich etwas zugestoßen – ein Anruf im Haus des Vaters hätte genügt, damit seine Diener sich mit dem Chauffeur in Bewegung setzten und den Kleinen aus dem dichtesten Dschungel oder von einer eisigen Bergspitze holten.

Dieser schöne Rücksichtslose gähnte jetzt. Das Gähnen war in der Familie Bill sehr beliebt. Jeder von ihnen gähnte häufig und auf eine ihm eigene Weise vor sich hin. Govind riss den Mund auf, streckte seine Arme in die Höhe und dehnte seinen langen Oberkörper wie eine Peitsche über die Stuhllehne, bis seine Haarspitzen die Marmorplatten des Bodens berührten. Er gähnte sich geradezu in eine gymnastische Übung hinein, bis er sich aus der Bogenstellung zurückbeugte, einen fragenden, sinnlichen Blick auf mich warf und »*fish food!*« ausrief.

Zum Fischfuttereinkauf wollte ich ihn begleiten. Ich wollte

wissen, wie es sich neben ihm ging, wie es sich neben seiner langen, schattenwerfenden Frauengestalt ging, und so kurz mein Ausflug an seiner Seite war, so seltsame Gefühle rief er in mir hervor. Im Unterschied zum Rest der Familie war Govind dünn. Mit seiner Schlankheit stand er haushoch über all seinen fetten und trägen Verwandten. Von seinem schmalen, haselnussfarbenen Gesicht mit den weichen, vollen Lippen ging ein solch glücklicher Hochmut aus, dass es schwerfiel, ihm keine unglückliche Zukunft vorauszusagen. Wer so schön, wer so langhaarig und so selbstherrlich war, der stellte alle in den Schatten, und in diesem Schatten ging es sich für Dicke und Kleine äußerst unsicher. Nun hatte ich gerade bei Robert Walser folgenden Satz gelesen: »Wir sind alle insofern arme Menschen, als uns plötzlich etwas heimsuchen kann.« Auf diese Heimsuchung von etwas rechnen wir alle, wenn wir mit einem wirklich schönen Menschen zu tun haben, denn nichts macht uns mehr zu schaffen als die Schönheit. Und so ging auch ich neben Govind mit dem geschmacklosen Gedanken an das mögliche Unglück, das ihn plötzlich treffen konnte, denn Schönheit löst nur zwei Regungen in den Menschen aus: Liebe oder Neid. Friedrich der Zweite von Preußen plauderte eines Tages mit d'Alembert, als ein wunderschöner Lakai den Raum betrat. D'Alembert war sehr verwundert über die Schönheit des jungen Mannes und sah den König fragend an, worauf dieser erklärte: »Er ist wirklich der schönste Mann in meinem Staat, er war eine Zeitlang mein Kutscher, und ich bin stark versucht, ihn als Botschafter nach Petersburg zu schicken.«

Vielleicht ist die größte Sünde eines schönen Menschen sein Stolz. Aber ist nicht gerade Stolz an sich etwas Schönes? Ermöglicht nicht gerade der Stolz eines Menschen seltene

Anblicke? Hätte Mr Bill es wagen können, sich vom Tisch zu erheben und während der wenigen Schritte zu seinem dunklen Zimmer den Morgenmantel beim Gehen von den Schultern gleiten und wie einen Lappen am Boden liegen zu lassen?

Ich sah, wie Govind im Halbdunkel auf der Bettkante saß, den Kopf über seinen Schoß gebeugt, und mit einem Kamm wieder und wieder durch sein Haar glitt. Dann pfiff er aus dem Fenster. Rufe waren aus dem Hof zu hören. Sein Geländewagen stand binnen drei Minuten vor dem Hauseingang. Diener und Torwächter waren in Bewegung geraten: Der jüngere Sohn des Hausherrn konnte seine Fahrt antreten!

»We take the gipsy«, erklärte er. Gypsy war sein Jeep, mit dem er durch die Straßen der Stadt wie über Wüstendünen fuhr. An diesen offenen Wagen, hinter dessen Lenkrad Govind wie König Ram auf seinem Thron saß, konnten die Bettler herantreten. Er verschanzte sich nicht, wie die Männer seiner Familie, wenn sie durch Lucknows Straßen fuhren, hinter verdunkelten Scheiben. Er jagte die Bettler auch nicht mit seiner beringten Hand fort. Er ließ sich von ihnen ansehen, er ließ sich an den Ampeln auf Unterhaltungen mit ihnen ein, wie eine elegante Frau sich auf die Unterhaltung mit dem Portier eines Hotels einlässt, aus lauter Lust daran, ihn in demütig verehrendes Schwärmen zu bringen und ihm auf bezaubernde Weise bewusst zu machen, dass ihm das Glück verwehrt ist, jemals ein Gran mehr als ein Diener in ihrem Leben zu sein. Im Grunde ist fast jede Handlung eines Menschen eine mehr oder weniger subtile Rachehandlung, doch wie gut ist es, wenn diese Rachehandlungen so grausam offen und mit solch schauspielerischer Größe zutage treten wie bei dem jungen Govind, der das Einzige tat, was weder für ihn noch für die Bettler verletzend war: Er ließ sich bewundern, ließ die Bettler für einen Augenblick in sein Leben eintreten, gestattete eine Berührung, die sie und ihn für diesen einen Augenblick zusammenführte. War mir seine Eitelkeit lieber oder die verschlossene Unberührbarkeit seines Vaters, der Bettler, Sadhus und Außenseiter anderen Schlags mit dem Tigerblick fortjagte? In gewissem Sinn dankte der Sohn auf seine Art den Bettlern, Krüppeln und Straßenakrobaten dafür, dass er so herrschaftlich, so wunderbar selbstsicher durch die Straßen fahren und gehen konnte, denn ihnen allein hatte er seinen stolzen Auftritt zu verdanken, ihnen allein, die ihm ermöglichten, so anmaßend und aufrecht aufzutreten.

Keinerlei Bedenken schienen seinen Tagesablauf zu stören, der ruhig bis in den Einbruch der Nacht dahinglitt, bis zu dem Augenblick, wo er seinem Leben die wahre Lust abgewann, die Lust an seinem Dasein, an seinem Schönsein, an der Demütigung anderer durch den eigenen Stolz. Er schien frei von Reue oder Scham, frei von Schuld zu leben. Ich kann nicht sagen, dass ich mich in meinem Herzen nach einem solchen Zustand sehnte, eher bedrückte es mich, und doch hätte ich hineingezogen werden wollen in seine langen Nächte, die ich mir vulgär und feierlich vorstellte. Hätte es einen Geruch, so würde das Laster vielleicht wie jene kurz aufblühenden Tropenblumen riechen, etwas nach Blut, Honig und Grotte, vielleicht aber auch nach Kindheit. Ich nehme an, der größte Zauber des Lasters liegt in seinem Gegenteil, in der schmerzhaften Sehnsucht nach Läuterung, nach Buße und Sühne. Govind jedoch sah man an, dass er unfähig zu Großtaten des Lasters wie zu Großtaten der Tugend war, er war niemand, der sich dem Laster rückhaltlos verschrieb. Er trieb es auf wohlerzogene

Weise, gleichsam in der Golfclublaune, in der sich die gesamte Familie befand, seit den Indern, nach dem Abzug der Briten, Zutritt zu den englischen Clubs gestattet worden war. Doch gab es etwas, was meine Vorstellungen von Govinds Nachtleben über den Haufen warf, und das war eine gewisse Ritterlichkeit, die er besaß. Gewöhnlich erscheint uns das Ritterliche ja komisch, altmodisch und überholt, doch wenn man ihm begegnet, übt es auch heute noch seinen Zauber aus, und das muss ich allen Bills, den dicken, den müden, den faulen, den jungen und alten Bills zugestehen, dass sie eine rührend anmutende Ritterlichkeit besaßen, die alle Vorstellungen von Verworfenheit ins Lächerliche zog.

* * *

Am Tag des Fischfuttereinkaufs fand eine große Sikh-Hochzeit statt. Lange nach Sonnenuntergang stand Mr Maripal Singh Bill mit einem neuen Turban in der Farbe einer vergammelnden Erdbeere, in einem blauen, schlecht geschnittenen Konfektionsanzug mit Goldknöpfen, in winzigen Slippern und mit einem Glas Whisky auf seiner Terrasse. Die Löwenmäulchen hatten sich geschlossen. In der dunklen, ascheheißen Abendluft glitzerten die beleuchteten Fenster der Hochhäuser. Der Koch saß in seiner Ecke neben dem Bügelbrett und bereitete für Ms Bill eine Suppe zu.

Zu dieser Stunde war Mr Bill in seiner allerbesten, jovialen Verfassung. Zu dieser Stunde liebte er sich selbst am meisten, wenn er dastand wie ein englischer Landlord auf einer Jagdfotografie. Zu dieser Stunde leuchtete ein Kaminfeuer in seinen Augen, geriet er in eine geradezu gebildete Stimmung, und zu dieser Stunde konnte es zuweilen geschehen, dass er ein Gedicht von Wordsworth, zu Schulzeiten auswendig gelernt, in die Nacht sprach und sich dabei vielleicht in seinem Herzen für einen Dichter hielt. »Come and have a whisky!«, rief er mir mit seiner wohlwollendsten Stimme zu, in der mitklang, dass er der großzügigste Gastgeber in Lucknow war, doch aus dem Schlafzimmer drang ein Nörgeln von Ms Bill. Das zwischen die Türleisten gespannte Moskitonetz ermöglichte ihr aus dem Bett die Aussicht auf die faule Erdbeere auf dem Kopf ihres Mannes, der sich in abstoßendem Wohlbehagen mit seinem Johnny Walker in den Abend hineintrank, während sie mit einer zwei Jahre alten *Readers Digest*-Ausgabe im Bett lag. Es wäre respektlos und jämmerlich gewesen, in Ms Moinas Blickfeld einen Whisky mit ihrem Mann einzunehmen. Ich entschuldigte mich bei ihm und stattete ihr einen Besuch ab, der dennoch etwas Respektwidriges an sich hatte, da ich mich für die Eroberung ihres älteren Sohnes in eine anstößig orientalisierende Kostümierung geworfen hatte, in einen zu einem zweiteiligen Gewand zugeschnittenen Saristoff, der tümpelgrün im Licht ihrer Nachttischlampe leuchtete, goldsprühend von den ins Gewebe eingeflochtenen Mustern. Unsagbar wohl fühlte ich mich in diesem Stoff, der den Körper von oben bis unten knisternd und haremshaft einhüllte.

An diesem Abend war ich mit meiner Garderobe sehr weit gegangen und hatte gegen jegliches Geschmacksgesetz verstoßen. Nur ein Lola-Montez-Zirkusdirektor hätte sich für mich interessieren können. Um die Fußfesseln hatte ich klingelnde Ketten, um die Armgelenke Glasreifen, um den Hals eine vergoldete Kette gelegt. Die Wahrheit ist, dass eine gewisse Menagerie- oder Amphitheaterluft von mir ausging, die keinen Mann anziehen konnte. Ich weiß also nicht, wem ich in meinem merkwürdigen Ornat imponieren wollte, doch nichts und niemand hätte mich daran hindern können, meine Ausstattung derart sultanisch zu gestalten. Stark kann man sich in so einem golddurchtupften Gewand fühlen, stark und gleichsam windelweich. »What a glamorous lady!«, empfing mich Ms Bill, deren knöcherne Hände auf dem Betttuch lagen, während ich, der Frohsinn selbst, klingelnd, klimpernd und auf den Absätzen schwankend, an ihr Bett herantrat. Doch Moina war eine Frau von Welt. Sie freute sich in ihrem Bett an meinem Auftritt.

Ms Bill schob sich gerade eine etwas überreife kleine Banane in den Mund, die auf makabre Weise mit der moderigen Erdbeere auf dem Kopf ihres Mannes in Einklang stand, als sie die Frage an mich stellte, ob ich damit einverstanden sei, in dieser Nacht mein Bett mit einem Gast ihres älteren Sohnes zu teilen, einer Japanerin. Schlagartig sank meine konkubinische Laune. Niemals im Leben hätte ich ihr gestanden, dass allein die Vorstellung, mit einer Japanerin eine Nacht in *meiner* Voliere zu verbringen, äußerst unangenehme Empfindungen in mir hervorrief. Ich hatte mich in dem Raum mit meinen Schuhen, Stoffen, Büchern und Stiften so ausgebreitet, dass nur für ihren älteren Sohn noch ein wenig Platz gewesen wäre. Nur mit ihm wollte ich auf der ausgeleierten Matratze im Luftzug liegen, der nachts durch das Gitterwerk des Fensters in den Raum drang. »She is a very nice girl«, sagte Ms Moina, als ich mit falscher Freude im Blick beteuert hatte, dass mich der Besuch nicht im Geringsten störe, keine andere Gesellschaft mir angenehmer sei. Doch die Ankunft der Japanerin wurde für mich zu einem wahren Hindernis. Die Zeit drängte, und in die drängende Zeit hatte sich nun auch noch dieser neue Gast hineingezwängt. Dafür musste er bestraft werden.

Als ich zu Mr Bill auf die Terrasse zurückkehrte, stand der Gast bereits neben einem Topf mit Löwenmäulchen. Das Mädchen zählte zu der quadratischen Sorte Japanerinnen, der kleinsten und plattnasigsten. Ein Windzug hätte genügt, um sie von der Bill'schen Terrasse in die Innenstadt zu wehen, doch vorsichtshalber hatte sie ihre Füße in schwere schwarze Joggingschuhe gesteckt, die sie fest am Boden hielten. Mir stand es nicht zu, sie zu verachten, ich kannte sie nicht, aber sie stand unverzeihbar klein und krummbeinig in ihren kurzen Hosen da, mit dem Ausdruck einer staunenden Liliputanerin in ihren Augen. Ich ahnte schon, dass sie einen Hello-Kitty-Schlafanzug tragen würde, und allein diese Vorstellung reizte mich bis zur Weißglut. Wie konnten die Bills, diese Tigerjäger, diese nachgewiesenermaßen alte Bauunternehmer- und Landlordaristokratie, wie konnten die Bills nur so einen Gast bei sich dulden? Jeder Besuch erfüllt doch gerade und *besonders* bei so Standesdünkelhaften einen Zweck, einen sozialen oder erotischen Zweck. Ich etwa, als Nichte von Lord Leslie, war ein ihnen angemessener Gast. Ratlos stand ich da und fragte mich, in welcher Beziehung das Mädchen aus Tokio zu Manjithia stand. Oder war er schon so gleichgültig, dass er in gar keiner Beziehung zu einer Frau stand und stehen wollte, dass er ein Kind geblieben war, gemacht für die Vogelschau und Cornflakes mit Milch? Ein Kind, für das die kleine Japanerin die richtige Spielgefährtin war? Oder fragte ich mich zu viel und die Bills waren einfach nur Idioten? Immerhin war dieser Gast eine Rivalin. Sie war klein, aber sie war da.

Manjithia hatte sich für das Hochzeitsfest in einen schwarzen Anzug gekleidet. Er hätte das schönste Model für Leichenbestattermode abgeben können, so dunkel, feierlich und weißhemdig war er, das schwarze Haar wie ein Klavier glänzend. Dazu der apathische Blick. Wie schön musste es für eine Frau sein, neben so einem Mann zu liegen. An seiner Seite ging es sich sicher, nicht so beunruhigend wie neben seinem Bruder, der in einer goldenen Brokatjacke im Nehruschnitt und in enganliegenden Mogulhosen auftrat, das Haar zu einem Knoten gebunden.

Meine inzwischen wieder aufgeblühte Konkubinenlaune hatte sich in Hochzeitsstimmung gewandelt. Lediglich die Japanerin musste eliminiert werden. Mich dicht an Manjithias Seite haltend, ging ich im Schritt einer Braut.

Auf der Festwiese bewegten sich Hunderte und Aberhunderte von Märchenfiguren. Berechnete man es, waren hier Tausende von Metern Stoff zusammengekommen. Auf jedem Sikh-Kopf rollten sich sechs Meter Gewebe zu einem Schneckenhaus. Um jeden Frauenkörper wanden sich acht Meter Seidenfahnen. Insgesamt bildeten sie einen riesigen Textilienbazar. Juwelieren hätte das Herz geklopft. Es gab wahrscheinlich keine einzige Hand, die ungeschmückt ein Glas hielt. Sogar um die Glieder der Zehen hatten die Damen kleine Ringe gelegt. Schwer hingen Goldketten um fette und magere Hälse, hingen zierlichste Kunstwerke an ausgeleierten Ohrläppchen. »Hi Bibi!«, »Hi Bompi!«, »Hi darling!« erklang es von allen Seiten, hinein in die Töne der blitzenden Blasinstrumente eines Orchesters, das mitten auf der Wiese auf einem als Sahnetorte verkleideten Podest spielte. »What a lovely sari!« »Bobobaby! Have a whisky!« »Where is the bride?« »Enjoying?« Sikh-Witze waren von allen Seiten aufzugreifen. »The ancient greek poet, Palladus, wrote: ›Marriage brings a man only two happy days. The day he takes his bride to bed and the day he lays her in her grave.‹« Auf die Braut aus Bombay hatten sie folgenden Witz gemünzt: »A Delhi official, a Bombay girl and a Mathura cow – all manage to get back to their base.« Ein Feuerwerk verknisterte am Nachthimmel. Eine Satintischdecke im Speisezelt fing Feuer. An den Lehnen der weißbezogenen Sessel blühten Jasminbouquets. Über Hunderten von kleinen Gasflammen blubberten Saucen, brutzelten Hühnerbrüste, rösteten Pilze, schwammen Reisbälle in cremiger Flüssigkeit, dampfte und rauchte es. Diener mit Bärten und Reichsverweserblick schöpften aus den heißen Töpfen. An den Buffets drängten sich girrend und glucksend dicke Damen. Irgendwann ritt der Bräutigam auf einem Schimmel über die Wiese. Hörner bliesen. Ein Gefolge von Fackelträgern, Musikanten und Verwandten umgaben ihn dicht. Er ritt auf das Haus seiner Braut zu, die im Dunkeln hinter einem Fenster saß. Als der Schimmel vor ihrer Tür stehen blieb, trat sie ins Scheinwerfer- und Fackellicht. Der Puder hatte ihre Pickel auf den Wangen nicht verdecken können. Sie blickte mit schwarzumrandeten Augen aus ihrer Schmuckrüstung hervor und schleppte sich unter dem rosenroten Brokatsari dem Bräutigam entgegen. Die Ehe würde eine Katastrophe werden. Ich war in viel bräutlicher Stimmung als sie, und an ihrer Stelle hätte ich mich wie eine Kosakin zu dem Bräutigam auf den Schimmel geschwungen.

Weshalb hielt keiner der Turbanträger eine Rede, dankte einer Macht im Himmel dafür, dass er so viele schöne Ehrentage mitfeiern konnte, dass für ihn Tiere aller Arten in den Töpfen kochten, dass ganze Blumenfelder für ihn gepflückt worden waren? Doch sie alle standen, saßen, aßen und tranken mit einer unerklärlich stumpfen Ausgesöhntheit mit sich selbst. Manjithia lächelte sein wunderbar geringschätziges Lächeln, genau wie sein Bruder, seine Cousins und Cousinen sämtlicher Grade, die auf einer Terrasse des Brauthauses in schwarzen Ledersesseln saßen, lagen und sich mit einer merkwürdigen Arroganz betranken. Ihnen allen fehlte irgendetwas. Die Augen der kleinen, spitzen Mädchen blickten grundlos hochnäsig vor sich hin, die Augen der Männer hatten etwas hochtrabend Herablassendes. Lust, jemanden zu beglücken, schien keiner von ihnen zu haben, ja, sie nörgelten sich von einem Sessel zum anderen an, und ich kam mir in meinem Menageriegewand ganz fehl am Platz vor, veraltet in jedem Sinn. Und dann sprach mich auch noch eine kleine Schönheit auf riesigen Absätzen an: »Very interesting, your look!« Das sagte sie, während sie mich, trotz ihrer hohen Stiefelabsätze, von unten mit einem perfiden Blick ansah, mir ihren rotgeschminkten, sehr sinnlichen Mund unter die Augen haltend. Dabei war ihre Rüstung sehr viel interessanter als meine. Sie trug eine Art Fischernetz über ihrem nur von einem Büstenhalter bedeckten Oberkörper, trug Hosen mit Leopardenmuster und diese hohen, befransten Wildlederstiefel. Ihr stand dieser Aufzug auf abstoßende Weise hervorragend. Noch dazu machte er sie viel größer, als sie war. Höflich, wie ich bin, dankte ich ihr für die Beleidigung und sah mich nach meinem Begleiter um.

Je später es wurde, desto enger hielt ich mich an Manjithia, denn ich hatte mir vorgenommen, glücklich zu sein, doch so eine Entscheidung zählt zu den unglücklichsten, die man treffen kann. Es sitzt sich wie auf Nadeln und Messern, wenn man sich einen derartigen Vorsatz herausnimmt. Frauen leiden besonders an einem solchen Entschluss, weil sie für die Mühen, die sie in ihre Kostümierung gesetzt haben, vom Glück entlohnt werden wollen. Ich zumindest wollte nicht umsonst den Abend in meinem Manegengewand verbracht und mich von der Kleinen im Fischernetz beleidigen lassen haben. Ich hatte ja nicht nur für Manjithia das nilgrüne Kleid und die klingelnden Reifen und Ringe angelegt, sondern für meine Vorstellung von einer glücklichen Nacht. Ich wusste nicht, wie das Glück beschaffen war, und wenn es mich nicht in dieser Nacht anfliegen würde, dann schien es mir völlig und vielleicht endgültig zu entgleiten, doch das Hochzeitsfest ging ohne ein hoffnungsvolles Anzeichen seinem Ende zu.

Ich geriet in Wut über die orientalische Kulisse, über die im Nachthimmel verhallenden Sängerstimmen, über all die verblühenden Rosenbouquets und das sinnlos verknisterte Feuerwerk, die nichts zu meinem Glück beigetragen hatten. Was gingen mich noch die im Nachtwind aufflatternden Turbansäume der Diener, was die Seidenkissen auf den Bänken und Stühlen, was die Palmen, die Maharadschamanieren der Turbanträger, was der Geruch aus den Bäumen und aus den Desserttellern an? All der Zeltschmuck, all das Seidengerausche waren ihrer märchenhaften Bedeutung völlig entleert. Unter den älteren und alten Gästen erblickte ich nur noch fette, goldbehangene Raupen, nur noch dreist hervorstehende Männerbäuche, unter den jungen nur noch frühzeitig abgelebte »gute Partien«, die, zwar schlank und westlich gekleidet, dennoch das Schicksal ihrer Eltern teilen würden: ein zum Zerbersten wohlgenährtes, zum Platzen albernes, allerdings nicht mehr völlig bombensicheres Gesellschaftsleben. Bomben explodierten ja in Indien jetzt immer häufiger, und ich wunderte mich, dass noch keine Zeichen der Angst in diesem unentwegt feiernden Sikh-Circle zu erkennen waren. Von Manjithia jedoch erwartete ich Angst, Intelligenz und die Kühnheit aus der Gesinnung dieser Cocktail- und Hochzeitsbande, wenn auch nur für eine Nacht, herauszutreten und einmal etwas anderes als indische Eliteschulenwahrheiten zu äußern. Heute weiß ich, dass ich von einem jungen Menschen, der als altes Clubmitglied zur Welt gekommen war, Unmögliches erwartete. Die Söhne, Enkel und Urenkel des alten Raj Narajan Singh erblickten mit einem Glas Whisky in der Hand und einem Geldwitz auf den Lippen das Licht der Welt. Da sie gesellschaftlich weder auf- noch absteigen konnten, weil sie immer unter sich heirateten, da sie kein Geld verdienen mussten, weil es in betäubendem Maße vorhanden war, da sie weder Häuser bauen noch kaufen mussten, weil sie bereits im Besitz der größten und schönsten Häuser waren, konnte sich der Nährboden für so etwas Abenteuerliches wie träumerische Verstiegenheit erst gar nicht entwickeln. Die Begabung, aus der Außenwelt heraus- und in eine andere Wirklichkeit einzutreten, lag nicht in ihren Genen. Man muss schon etwas Armut, Schmerz oder Demütigung erlitten haben, um diesen Eintritt zu erlangen, ja, der Zugang zum Reich der Imagination ist ein wunderbares Privileg für Zukurz-Gekommene, für Kranke, Kränkliche und Gekränkte, für Untergeher und für Absteiger – also auch für mich.

Ich setzte mich hinter das Lenkrad von Manjithias Wagen, fuhr in der Dunkelheit unter den tiefen Zweigen der Tamarindenbäume entlang, durch eine streckenweise noch wilde Gegend des Stadtrandes. Manjithia saß neben, die Japanerin hinter mir, und zuweilen schwang sich ein Affe aus dem Geäst der Bäume und sprang über die Straße. Mein Übermut, meine an Verzweiflung grenzende Ausgelassenheit waren mir zu Kopf gestiegen. Mir war danach, die Japanerin am Stadtrand auszusetzen und Manjithia mit mir zu reißen, in den Tamarindenwald, ans Flussufer, in irgendeine Nachtbar hinein, wo kein einziger von diesen Sikh-Gartenzwergen stehen und keine Seidenraupe mich beäugen würde. Ich fuhr schnell und besinnungslos bis vor das Tor des Bill'schen Hauses, hupte den Nachtwächter aus seinem Schlaf auf der Hofbank, hupte wahrscheinlich die alte Ms Bill aus ihren Scarlett-O'Hara-Träumen, hupte in den Schlaf der Fledermäuse, Katzen und Dackel, fuhr in meiner Ungeduld mit dem Auto gegen die Torflügel, die mit dem Schwung eines Gummiballs aufsprangen, fuhr vor den stillen, jasminumdufteten Hauseingang, zerrte Manjithia an der Hand hinter mir her durch den dunklen Flur des Untergeschosses, das schmale Treppengehäuse hinauf, über die schweren, schlafenden Dackelkörper am Terrasseneingang und in meine Voliere. Ich drückte ihn auf das Rosenholzsofa mit dem vermufften roten Seidenüberzug und stellte mich vor ihn hin, als die Japanerin mit hochroten Wangen in den Raum trat und mit einem entsetzlichen Zeichentrickfilmausdruck ins Badezimmer rannte. »Küss mich!«, sagte ich drohend, fast säbelrasselnd, ohne mich um die Kleine zu kümmern. »Los, küss mich!«, wiederholte ich, doch Manjithia lehnte sich breitbeinig in den Kissenhaufen zurück und sah mich verschreckt an. »My parents would kill me«, sagte er. »Fuck off with your parents, fuck off with your cornflakes, fuck off with your money!«, schrie ich durch das Gitterfenster, durch das jene Nachtbrise drang, in der ich hatte glücklich sein wollen. Da löste sich aus dem erstarrten Gute-Familie-Ausdruck endlich ein Lächeln, das weder geringschätzig noch bodenlos müde war. »Fuck off, fuck off, fuck off!«, schrie ich, warf mich in meiner im Ventilatorenwind aufgeblähten Zirkusmontur an seine Brust und drückte meine Lippen auf seinen trockenen Mund, der nach Walnuss schmeckte. Ich biss ihn in die Unterlippe, doch er gab nicht nach, ließ mich nicht ein, hielt seinen Mund verschlossen. »Nur wegen dieser Japanerin«, sagte ich, »nur wegen ihr!« Ich blieb auf seinem Schoß sitzen, und ein Satz aus Plutarchs *Über die Schwatzhaftigkeit* fiel mir ein, der besagt, wie unschicklich es ist, auf den, der von einem anderen geküsst sein will, zuzulaufen und ihn zu küssen. Da trat die Japanerin tatsächlich in einem ketchuproten Hello-Kitty-Pyjama aus der Badezimmertür in den Raum, wo verstreut meine Bücher lagen, mein Benvenuto Cellini, meine Hafis-Gedichte und mein Gebetbuch. Sie legte sich merkwürdig platt in mein Bett und zog die Decke über die Nase. Manjithia aber erhob sich mit derselben schwerfälligen Bewegung, mit der sein Vater aus den ledernen Barsesseln des *Clark's* aufstand, und entfernte sich mit einem höflichen Winken, während sich vor mir eine abstoßende und beklemmende Nacht an der Seite des roten Pyjamas auftat.

* * *

Am folgenden Morgen schlappte Manjithia wie immer in seinen Flipflops und mit seinem überdrüssigen Milchkakaogesicht an den für ihn gedeckten Tisch, setzte sich mit gebeugtem Kreuz vor ein Set und löffelte seine Cornflakes aus der Schale. Er hatte mir einmal, während eines gemeinsamen Frühstücks, mit dem Ausdruck eines vor Verdruss halb Ohnmächtigen erklärt, dass er sich einmal im Leben für Cornflakes zum Frühstück entschieden hätte und nie wieder von diesem Entschluss abgehen werde, auch wenn die Saison der süßesten Papayas oder der schönsten Mangos anbreche, wobei er noch einen Mangowitz losließ: »Teacher: ›Who can tell me where we find mangoes?‹ Hakim: ›I guess everywhere womangoes.‹« Hätte ich mir nicht diese sture Willenskraft in Erinnerung rufen müssen, als ich mich entschloss, ihn aus seinem Netz weniger, aber felsenfester Maßregeln zu lösen? Doch dies war es ja gerade, was mich an ihm, an den gesamten Bills, an ihrem Leben in ihren alten Häusern verzauberte: die narkotisierende Monotonie ihres bis in alle Einzelheiten des Nichtstuns geordneten Tagesablaufs, der betörend sichere Gleichklang ihrer sikhschen Binsenweisheiten und die durch nichts aufzustörende tägliche Verpflichtung zu den Gesellschaftszeremonien, und mochten diese nur im Kreis der Familie, im Fernsehzimmer der alten Ms Bill stattfinden. Der Entschluss, jeden Morgen bis zu seinem letzten Atemzug Cornflakes mit Milch zu sich zu nehmen, kam an eine stoische Haltung heran. Und ähnlich musste es ihm mit der Liebe ergehen. Wie seinem Großvater, wie seinem Vater würde ihm eine Heirat arrangiert werden, er würde die von seiner Mutter ausgesuchte Braut zur Frau nehmen, mochte sein Bruder, mochte die indische Mittelschicht, mochte auch die Oberschicht diese uralte Heiratspolitik mit den Füßen treten und sich an das überall triumphierende Gesetz des Hedonismus halten. Manjithia trug zwar keinen Turban mehr, doch die Sikh-Ideologien hatte er damit nicht abgelegt.

Für den Rest des Tages sah ich ihn nicht mehr. Er führte die Japanerin ins alte Lucknow, zum Chaulakhi Gateway, zu La Martinière und in die Häuser seiner Freunde. In der Abenddämmerung aber lud er mich zu einem Spaziergang vor den Mauern der Husainabad Imambara ein.

Vielleicht der Vorsicht, vielleicht der Gewohnheit halber hatte Manjithia zu diesem Spaziergang einen seiner Cousins mitgenommen, einen der letzten jungen Turbanträger der Familie. Schon mit sieben Jahren hatte er sich mit der genießerischen Behäbigkeit seines Vaters auf einem Sessel niedergelassen, nach einer Coca-Cola verlangt und unter den Gästen seiner Eltern die Sikh-Devise verlauten lassen: »Anything you can do, I can do better.« Damals wurde Amolaks Gesicht noch nicht von dem seltsam glatthaarigen Bart umfasst, doch lag bereits ein Schatten dieses Bartes über seinem Mund, der immer für eine dumme Bemerkung offenstand. In das Büro der Versicherungsanstalt, für die er arbeitete, ging er stets in einem blauen Anzug, das Mittagessen nahm er täglich im Esszimmer seines Onkels Maripal ein, und nach den *Simpsons* im Fernsehzimmer der alten Ms Bill zog auch er, wie der Rest der Familie, weiße Joggingschuhe an und lief mit den Tanten, Onkeln, Großvätern und Großmüttern im Kreis durch einen der Bill'schen Gärten. Auch an diesem Abend hatte er sich für die Gartenrunde schon gerüstet. Seine Schuhe leuchteten in der Abenddämmerung wie Schwanenflügel. Amolak durchkreuzte meine letzte Gelegenheit, mit Manjithia allein zu sein. Die beiden Männer gingen gesundheitsbewusst und zugleich höflich wie ältere Herren neben mir her.

Auf dem Weg zur Husainabad Imambara lag ein Tempel mit einem kleinen Tempelhof. Mit unwiderstehlicher Kraft zog es mich dort hinein, vor die kerzenbeleuchteten Altäre, zu Ganesha, der dickbäuchig, kindlich verliebt in sein Dasein und mit gekreuzten Beinen, auf einem kleinen Lotuspodest in den Rauchgespinsten der Inzensstäbchen saß, in die Aufgabe versunken, seine Anbeter mit seiner Weisheit zu beschützen.

Da Ganesha mit dem »Erfolg« und der »Einsicht« verheiratet ist, beseitigt er Hindernisse jeder Art. Er wird daher angerufen, wenn man eine Reise antritt, ein Haus baut, sich einem Examen unterzieht oder sonst etwas Wichtiges unternehmen will. Als Schirmherr der Wissenschaften, der Schrift und der Schule ist er für seinen Scharfsinn und seine Klugheit sprichwörtlich bekannt. Als Attribute trägt er eine Schale voll Süßigkeiten und Früchten, eine Gebetskette und eine Schlinge, mit der er jegliche Art von Täuschung bändigt und somit die Hürden auf dem Weg zur geistigen Vervollkommnung beseitigt. Außerdem trägt er einen Stachelstock als Insignum des Weltherrschers, den Sieg und Erfolg auszeichnen. Ob es Christus am Kreuz war, zu dem ich betete, oder ein Elefantengott, war einerlei. Von Bedeutung war nur, dass ich einen Gott anreden konnte, der schwieg, jedoch alles sah und hörte, der mir in seiner Weisheit die Lächerlichkeit meiner eigenen Person vor Augen führte und mir zugleich, durch die Annahme meines Gebets, den Schlamm aus der Brust trieb, meinen Kopf klärte. Das vermögen nur Götter. Dafür sind wir ihnen dankbar, dafür, dass wir schon beim Überschreiten einer Kirchenschwelle von einem Gefühl der Läuterung, der Ruhe und der Würde ergriffen werden. Ich betete zu dem kleinen Ganesha, ich betete zu Ramakrishna, zu seiner Frau Sarada Devi, deren Fotografien vergilbt und wellig unterhalb der Tempeldecke hingen und in mir den Ausspruch Ramakrishnas »Wer die Ebene der Ewigkeit erreicht, tut gut daran, in Gesellschaft zu bleiben« wachrief. Ich beugte mich zu den anderen Götterstatuen, denen in diesem Tempel blumengeschmückte, rauchende Altäre geweiht waren. In ihrer Gesellschaft, zusammengekommen wie zu einem ewigen Sinnbild von Ramakrishnas Ausspruch – inmitten ihrer Attribute, inmitten der Muscheln, Pfeile, Büschel aus Reisstroh, des Granatapfels, des Lotus, des Zuckerrohrs, des Wassergefäßes und der Keule –, kehrte ganz unmerklich jene etwas zynische Ruhe ein, die uns Distanz zu den Lebenden und Nähe zum Unbekannten eingibt.

* * *

Am Tag nach dem Tempelbesuch verließ ich die Bills in dem Glauben, sie alle im folgenden Jahr in derselben Lage wieder vorzufinden, die Mutter immer noch auf die Kissen ihres Bettes gestützt, den Vater auf dem blauen Diwan ausgestreckt und die Söhne in ihren Kinderbetten.

* * *

Der Sommer verging, der Herbst verging, und eines Tages im November kündigte sich der Winter mit einem Schneesturm über jenem Landhaus an, in das sich mein Onkel und meine Tante schon seit Jahrzehnten zurückgezogen hatten, einer Einsamkeit ausgeliefert, die sie lediglich durch Epikurs Aussprüche über die richtige Lebensführung ertrugen und rechtfertigten.

»Wir leben zwar nicht in New York, nicht in Paris und auch nicht in Berlin, aber wir leben im Paradies«, sagte meine Tante zu Lord Leslie, wenn sie ihn mit gläsernem Blick aus dem Fenster starren sah.

Das Ehepaar lebte mit einem fast unmenschlichen Mut auf seinem beharrlich verfallenden Anwesen, das auf einem lotrechten Felsen stand. Es handelte sich um eine kleine mittelalterliche Festung in der südfranzösischen Provinz, die, umgeben von Wald und Felswänden, in der Einöde stand. Unterhalb des *Le Pertuis* genannten Besitzes rauschte im Tal ein Strom dahin. Doch nur wenige Kilometer von diesem wilden, baum- und flusswasserumrauschten Flecken entfernt, starben in den neugebauten Feriensiedlungen immer häufiger deutsche, amerikanische und holländische Rentner, die aus den Sommer- ihre Winterresidenzen gemacht hatten – denn der Feuchtigkeitsgehalt der Luft war hier sehr hoch und der Winter frostig.

Überlegte ich nur kurz, so fielen mir unverzüglich fünf, sechs ausländische Damen ein, die hier auf mehreren, sehr schönen, von Platanen beschatteten Friedhöfen lagen. Da lag eine Schriftstellergattin aus Dover, eine Dichtergattin aus Buxtehude und eine Buchhändlergattin aus Massachusetts, also kultivierte Damen, zu denen ich mich irgendwann dazulegen würde, als vereinsamte und verkannte Schriftstellerin, denn es war bereits entschieden, dass ich, da ich sonst zu gar nichts getaugt und auch mein Theologiestudium mir weder einen Beruf noch einen Mann eingebracht hatte, Schriftstellerin und die Erbin von *Le Pertuis* werden würde, aus dem meine Tante ein kleines, stetiges Einkommen schlug, indem sie aus dem Ertrag ihrer Obst- und Gemüsegärten die landwirtschaftliche Genossenschaft und das Reformhaus von M. belieferte.

In diesem Winter nun, der wie immer auf Sommer und Herbst gefolgt war, ohne auch nur im Leisesten anzudeuten, welche Schicksalsschläge seine Schneewolken mit sich tragen würden – in diesem Winter fror ich aufs Furchtbarste. In den Wochen nach Neujahr hatte sich aus den Felswänden und den hohen Steinmauern der Burg eine feuchte, klamme Kälte gelöst. Ich war jung, doch in meinen Gelenken, in den Knien vor allem, knackte es bei diesen tiefen Temperaturen wie in alten Knochen, wie in altem Parkett. Mit zwei Paar Wollstrümpfen, mit Kniewärmern, mit zwei übereinandergetragenen, an den Ellenbogen zerschlissenen, mit Eidotterresten und winzigen Holzspähnen durchsetzten Strickjacken und in einer ausgeleierten Jogginghose war mir weder warm noch romantisch zumute. Ich verdammte mein Schicksal, das mich an meinen Onkel und meine Tante band, die sich Chamforts Ausspruch »Man ist in der Einsamkeit glücklicher als in der Welt« zu eigen gemacht hatten.

Erwachte ich in der Morgendämmerung des Februars, so drang durch den Spalt meines offenen Schlafzimmerfensters das Gezwitscher der ersten von ihren Winterreisen zurückkehrenden Vögel. In diesem Februar war das Zwitschern besonders laut. Den Anblick der scharenweise plötzlich den Himmel verdunkelnden Zugvögel brachte mein Onkel mit der Vogelgrippe in Zusammenhang. Er, der nichts und niemandem im Leben gefürchtet hatte, erschrak jetzt bei dem Gedanken an die Grippen, die in der Welt grassierten. Er wachte morgens mit dem Zweifel auf, ob er die Hühner im Stall töten oder die über den Hühnerhof gespannten, jedoch beim letzten Schneefall zerrissenen Netze wieder zusammenknoten und über das Geflügelgelände spannen sollte. Ich hingegen dachte nicht an Hühner, Tauben, Enten und Schwäne. Ich erwachte und fragte mich während jener sekundenlangen, auf das Erwachen folgenden Betäubtheit, in welchem Lebensalter ich war, ob in der Kindheit, in blühender Jugend oder etwa schon in hohem Alter. Wenn mir dann mein tatsächliches Alter, meine Lage in dem Burgbett, meine vergangenen Jahre und die Angst vor den kommenden bewusst wurden, sah ich mich genötigt, mit einer ans Grauen grenzenden Entmutigung festzustellen, dass es zwar kein tragisches, doch ein trostloses Unglück war, diese schönen Jahre der Jugend in solcher Einsamkeit zu verbringen. Doch durch den philosophischen Umgang mit Onkel und Tante geübt, sprach ich mir sogleich mit der suggestiven, leisen und listigen Stimme eines Priesters zu, dass Einsamkeit der einzige Weg sei, um sich auf das Grauenerregende, das jedes Leben in sich birgt, vorzubereiten, redete mir ein, dass nur sie die Aufmerksamkeit zwinge, die Gedanken auf das Wesentliche zu konzentrieren, dass man nur in ihr im höchsten Grade man selbst sei. Öffnete ich nach solch scharfsinnigen Bettbetrachtungen allerdings meinen Kleiderschrank und richtete meinen Blick auf die Stange, an der die leichten Gewänder aus schwarzen, roten, türkisen Stoffen hingen, erblickte ich mein bauschiges Abendkleid, mein taubengraues, mit schwarzen Federn geschmücktes Barett, meine Handtasche aus falschem Schlangenleder, die bestickten und bestrassten Gürtel, die pythonfarbenen Stöckelschuhe und die kirschroten Lacksandalen zum Binden, allesamt Kleider, Schuhe und Accessoires aus meiner kurzen Pariser Studienzeit, dann drang die stille Frage in den duftenden Stoffhaufen, ob ich jemals wieder die Gelegenheit haben würde, diese Kleider und Schuhe zu tragen, oder ob sie dort für eine künftige Trägerin hingen, für eine noch ungeborene Nichte, die in fünfzehn Jahren einen weichen Kleiderberg mit darin hängengebliebenem, leicht tot riechendem Parfum von mir als Geschenk erhalten würde. Mein Onkel wurde von Tag zu Tag schwächer, meine Tante stellte sich ganz in seinen Dienst, und die Aussichten, dass sich noch irgendetwas in meinem Leben ändern würde, schwanden dahin wie Leslies Kräfte.

Unberührt ließ ich die glitzernden, matten, irisierenden, gepunkteten, gestreiften, leichten und schweren Stoffe im Schrank, zog meine zwei Paar Wollstrümpfe, meine zwei Strickjacken übereinander und begann, nach einer Tasse Tee in der kalten Küche, den Tag mit Nützlichem. Ich arbeitete im Garten.

Bereits die Antike hat diese Art von Beschäftigung mit ihren Sentenzen gesegnet und für immer an die höchste Stelle menschlicher Tätigkeiten gestellt. Mit den Sprüchen der alten Weisen versuchte meine Tante, mich zu trösten. Sie sagen: »Wenn du einen Garten und dazu noch eine Bibliothek hast, wird es dir an nichts fehlen«, oder: »Wer zur Zunft der Dichter zählt, liebt Waldesstille und flieht die Großstadt.« Durch diese Zitate gedachte sie, mich darin auszubilden, dass der kluge Mensch sich von der Welt zurückzieht und auch die zermürbendste Einsamkeit in Kauf nimmt, um seine Seele in höheren Regionen zu halten. Doch eines wurde mir immer klarer: Wer ein Stück Land, wer ein Grundstück im Paradies besitzt, der ruht nicht, der lebt unter der Diktatur der treibenden Bäume, der Saatkörner, der Hühner, Tauben und Pilzerkrankungen. Er wacht auf und fühlt sich bedroht. Mäuse rascheln über das Dach und schlagen sich mit dem Styropor der Dachisolierung die Bäuche voll, aus dem Hühnerstall gackert es verdächtig nach der Visite eines Maders, und aus der Zypresse steht ein merkwürdig brauner Zweig ab. Der Landbesitzer steigt in den Wintern aus seinem Bett auf einen kalten Fußboden, trinkt mit durchfrorener Haut heißen Tee und richtet das Auge durch das Fenster auf sein Grundstück. Der Hund sitzt vor der Tür und frisst den Schaft des Gummistiefels, ein toter Vogel liegt als Symbol einer bedrohlichen Zukunft neben ihm, in einem schokoladenfarbenen Dunghaufen steckt ein Dreizack, und mit geübtem Blick nimmt der Landbesitzer die dunklen Flecken auf den Blättern der Königin von Dänemark am Eingangstor wahr.

Ich arbeitete in diesem Garten, weil ich der Diktatur der fordernden Natur nicht mehr entgehen konnte, weil jede kletternde, sich windende, im Frühling korallenrot aufbrechende oder blassgelb sich entfaltende Pflanze meiner ständigen Aufmerksamkeit bedurfte, denn vernachlässigte ich sie, so vernachlässigte ich das Leben, in das ich mich auf diesem Grundstück Tag für Tag hineingearbeitet hatte, in dem bedrückenden und zugleich beschwingenden Bewusstsein, dass eines Tages der ganze marode, ummauerte und tiefschattige Besitz in meine Hände übergehen würde. Die Diktatur der Natur nahm ich leichteren Herzens in Kauf als die Diktatur eines Angestelltendaseins. Sich ihr auszuliefern hieß, sich dem vornehmsten aller Despotismen auszuliefern.

Ich wäre im wortwörtlichen Sinn asozial geworden, wenn ich das Grundstück verlassen und plötzlich die Pflege der von mir gehüteten Pflanzen aufgegeben hätte, denn ihr Verwuchern, Erkranken, Vertrocknen, Verwildern und Verblühen hätte auch meinen Verfall mit sich geführt. Ich fühlte mich meinem Erbe verpflichtet, doch muss ich gestehen, dass ich an den frostigen Wintermorgen auch arbeitete, um die Temperatur in meinem unterkühlten Körper zu erhöhen, bis mich allmählich eine rasch steigende Euphorie erfasste, denn das Leben unter einer Tyrannei, und mag es die der wuchernden Vegetation sein, kann äußerst erregende Zustände schaffen.

Als gesunder Mann hatte mein Onkel mich zuweilen Ninotschka genannt. »Wenn du auf dem Land arbeitest«, sagte er dann zu mir, »hast du den Ausdruck einer fanatischen Kommunistin.« Diese Feststellung traf den Nagel auf den Kopf. In meinem Starrsinn und meiner verzweifelten Hingabe an das Stück Land, das einmal mir gehören würde, das mich von einem Leben in der Stadt fernhielt, mich mit allen seinen Strängen und Schlingen in der Einsamkeit festhielt, verlor ich jede Weiblichkeit, und an jener verborgenen Stelle der Psyche, wo die Hoffnungen, Illusionen, Gelüste und Sentiments einer Frau entstehen, fühlte ich während der Gartenarbeit nur Indifferenz. Ernst und blindwütig rechte, fegte, schnitt, hackte, sägte, streute, mähte, pflanzte, säte, wässerte und erntete ich. Ich arbeitete mit der Kraft eines jungen Gärtners, mit dem Willen zur vollkommenen Ordnung eines Ludwig des Vierzehnten und mit dem geheimen Glauben eines Mönches, einmal, im Diesseits oder Jenseits, für diese harte Arbeit göttlichen Lohn zu erhalten. Dieser Rausch war stark, doch von kurzer Dauer. Er ließ schlagartig nach, wenn ich eine Zeitschrift aufschlug, aus deren Seiten mich etwas anflog, was nicht im Geringsten mit dem Rückzug in schattige Gärten, mit der Freude an der Einsamkeit und mit »höheren Aufgaben« zu tun hatte. Dann legte sich ein Druck auf meine Brust, die sich öffnete wie durch unsichtbare Nadelspitzen aufgestochen, um Gesehenes und Gelesenes als Gift aufzunehmen und im ganzen Körper wirken zu lassen. Da nutzte es nichts, zu wissen, dass alles menschliche Unglück in Auge und Ohr, nicht im Herzen seinen Ursprung hat, dass das Herz lediglich das Opfer der beiden anderen Sinnesorgane ist.

Dieser Winter unterschied sich in seiner Trostlosigkeit von den vorangegangenen darin, dass ich durch das Schreiben an einem Roman in einem zweiten Raum lebte. Nach dem Mittagessen, das ich mit der Tante in der Küche einnahm, setzte ich mich an meinen Schreibtisch in den von Lord Leslie

»blaues Kardinalszimmer« betitelten Raum, wo ich seit dem Tag, an dem meine Eltern sich dem Tod verschrieben hatten, seit meinem siebten Lebensjahr, untergebracht war, ohne jemals viel daran verändert zu haben.

Auf den ersten Blick erschien dieser Raum schön eingerichtet. Es standen dort, zwischen den zerschlissenen blauen Moirétapeten, ein runder Esstisch aus Birnenholz, ein mit braunem, fleckigem Leder bezogenes Biedermeiersofa, der Schreibtisch und ein schönes, schiffsähnliches Bett mit senffarbener Steppdecke, unter der ich einmal das Zeitliche segnen würde. An einer Wand lehnte das lächerliche Bildnis des Kardinals Testout, der im Jahr 1893 zum Erzbischof von Lyon erwählt worden und ein Vorfahre der Mutter von Lord Leslie gewesen war, die aus einer kleinen südfranzösischen Landadelsfamilie stammte, zu deren Besitz auch *Le Pertuis*, dieses Loch, gehört hatte. Nun waren über hundert Jahre vergangen, seit der Kardinal in diesem Raum geschlafen hatte, und doch war das Zimmer durchdrungen von einer Vielheit katholischer Düfte, die ihren Ursprung in Weihrauch, in Bibelpapier, in schweren Messgewändern und in noch etwas Unbestimmbarerem hatten, das an süßlich-sauren Mundgeruch erinnerte. Die Wellen dieses Geruchs strömten aus einer unversiegbaren, unauffindbaren Quelle, die unter den Holzbohlen, zwischen den Fasern der fadenscheinigen Tapeten oder in den Falten des purpurnen Kardinalsumhangs liegen musste, der immer noch im Kleiderschrank hing. Dieser Geruch war stärker als alle Gerüche, die meine Tante in das Haus sprühte, als all die Orangen- und Bergamottessenzen, die sie in die Riechlampen tropfte.

Das geübte Auge eines Menschen, der sich mit Inneneinrichtung etwas auskannte, hätte auf einen Blick erkannt, dass die scheinbare Eleganz des Raumes Betrug war: das Biedermeiersofa war ein nachgemachtes Sofa aus dem späten neunzehnten Jahrhundert, mein Bett aus der Jugendstilzeit, und nur die Platte des runden Esstisches war aus Birnenholz, während die Tischbeine durch zwei Holzblöcke ersetzt worden waren.

Ich liebte dieses Zimmer und ich liebte das ganze Haus, dessen äußere Fassade von oben bis unten mit einem Netz aus Weinreben und Efeu überwuchert war. Die Fenster der Vorderfront öffneten sich auf den Fluss im Tal, auf die ihn säumenden Felswände, die Fenster der Rückseite auf ansteigende Eichenwälder. Das ganze Anwesen trug den Stempel der Wesensart seiner Besitzer. Alles hatte den gleichen eigenartigen Stil. Ein Liebhaber moderner Bequemlichkeit und guten Geschmacks würde vielleicht beim Anblick dieser – äußerlich betrachtet – buntscheckigen Menge von Möbeln, von Ölgemälden, von Statuen mit abgebrochenen Armen und Beinen, von kostbaren und billigeren Stichen die Achseln gezuckt haben. Allenfalls hätten die Augen eines Kenners manchmal gierig aufgeleuchtet bei einem Blick auf das eine oder andere Gemälde aus Leslies schottischem Familienzweig, auf die Einbände seiner Bibliothek, auf das englische Porzellan, auf eine Sammlung wundersam schöner Steine und antiker Münzen. Doch inmitten dieser aus verschiedenen Zeitaltern stammenden Möbel und Bilder, inmitten der Kleinigkeiten, die für keinen anderen Menschen einen hohen Wert haben konnten, für meine Tante und meinen Onkel jedoch durch die vielen gemeinsamen Erinnerungen bedeutsam geworden waren, in dieser Flut von Büchern und Gegenständen wurden Verstand und Gefühl angeregt. Hier hatten die von Leslie auf seinen Weltreisen gesammelten Objekte, scharfe Krummsäbel, kupferbeschlagene Ziegenbockköpfe, afrikanische Masken, afghanische Kopfbedeckungen und Buddhafiguren aus Stein und Bronze, ihren Platz gefunden, hier stand ein Kuriositätenschrank, gefüllt mit Mineralien, Muscheln, ausgestopften Singvögeln, mit kleinen Steinen aus griechischen Tempeln, mit Lanzenspitzen und Blechspielzeug, hier saß in einer Ecke des Treppenflures ein ausgestopfter Affe.

Wenn ich meines Schreibtisches überdrüssig geworden war, erhob ich mich, um mich zu meinem Onkel an den Bettrand zu setzen. Im März sollte er vierundsiebzig Jahre alt werden, doch es stand denkbar schlecht um ihn. War er allerdings rasiert und sein Gesicht mit Lavendelwasser erfrischt, staunte ich, wie glatt und rosig sich seine Gesichtshaut über die Backenknochen spannte. Er trug ein sehr gut gemachtes Gebiss, dessen raffiniert rahmfarbenen Zähne leicht nach vorn standen, was zur Folge hatte, dass seine stets etwas feuchte Oberlippe, statt, wie es in einem alternden Gesicht gewöhnlich geschieht, schlaff und schmal im Gesicht zu hängen, sich über den Zähnen spannte.

Mein Onkel war nicht mehr elegant gekleidet, sondern lag in einem Morgenmantel mit Leopardenmuster, den meine Tante ihm einmal in einem Kaufhaus gekauft hatte, und mit einer Wendemütze auf dem Kopf im Bett des neben dem Kardinalszimmer gelegenen Gästezimmers. Diese Mütze war innen beige und außen kakaofarben oder, wurde sie gewendet, innen kakaofarben und außen beige. Er lag in seinem eigenen Kinderbett, in dessen Kopfende zwei Medaillons mit Mädchenköpfen eingefügt waren. Glückliche Zeiten habe er darin verbracht, erzählte er mir, die allerglücklichste jedoch, als noch ein weißer Baldachin sich darüber wölbte und er als kleiner Junge auf allen vier Bettseiten lange Vorhänge um sich herum zuziehen konnte, so dass sich sein Lager in eine durchscheinende, alabasterfarbene Zelle verwandelte. Der Baldachin war schon lange abgenommen worden, doch es hing ein Aquarell über dem Bett, das seine Mutter einst gemalt hatte. Öffnete mein Onkel die entzündeten Augen, so ruhte sein Blick auf dem alten Obstgarten von *Le Pertuis*. Wie eine Kette hielt ihn dieses Aquarell an der Vergangenheit fest. Es mag sein, dass er noch Hoffnung auf Genesung hegte, doch Rückkehr gab es keine mehr, keine Rückkehr mehr in angstlose Zeiten.

* * *

An einem besonders düsteren Morgen war ich in den Garten gegangen, um Asche auf die Gemüsebeete zu streuen. Asche desinfiziert die Erde. Doch der Anblick der graubestäubten Beete tat mir nicht gut. »Ich schaufele mir hier mein Grab«, sagte ich vor mich hin. In großer Angst lief ich aus dem Gemüsegarten ins Haus, als der Postbote vor das Eingangstor fuhr und mir einen indisch bestempelten Briefumschlag übergab, der die Nachricht von Ms Moinas Tod enthielt. Da schien eine ganze Vergangenheit wie ein brüchiges Haus hinter mir zusammenzufallen. Ohne Ms Singh Bill war eine Ära im Hause der Bills beendet. Ich lief in Leslies Zimmer, um ihm die traurige Nachricht zu überbringen.

Waren die Flächen des Gartens mit Asche überstäubt, so waren im Zimmer des Onkels die Bettpfosten, die Leselampe aus Messing und die Fasern des kleinen Perserteppichs vor seinem Bett von innen durchfrostet. Sogar die Bücher auf dem Nachttisch fassten sich kalt an, und die hohen Fenster schlossen sich wie hauchdünne Eistafeln um ihn. Als ich über die Schwelle des Raumes trat, hatte ich plötzlich die Gewissheit, dass der Onkel tot unter seinen Decken lag, doch Leslie, dessen rechtes Auge von einer durchsichtigen, mit Klebstoff an Schläfe und Wange befestigten Plastikmuschel bedeckt war, sah mich durch diese Muschel mit seiner blauen, nach der Operation an der Katarakt vergrößerten Iris mit einer nicht mehr zu verbergenden Angst an. Er lag starr wie ein toter Hering da, nur in seinem Blick flackerte der Schein der Angst. Seine Haut war zu brüchigem, fleckigem Pergament geworden. Er war kalt wie das Wasser des Styx. Ich verdammte die mit den Folgen des Klimawandels und mit ökologischem Bewusstsein entschuldigte Sparsamkeit meiner Tante, für die, als Erbin bäuerlicher deutscher Vorfahren, das Sparen eine Kunst der Askese darstellte. Sparen war in den Augen meiner Tante ein ästhetischer Akt, und sie betrieb die Einschränkungen mit Starrsinn. Sie war eine Sachverständige in der Fertigkeit, mit durchfrorener Haut die Morgendämmerung im Bett abzuwarten, um sich dann an der kleinen Flamme ihres Küchenkamins zu erwärmen, eine Lehrherrin im Tragen ihrer langsam fadenscheinigen Wollstrumpfhosen. Sie war eine Befürworterin von Im-Dunkeln-Sitzen und eine Kaltwasserkünstlerin, und als Obermeisterin in der originellen Verwertung vergammelter Speisen blieb sie ungerührt beim Anblick eines Wurmes in ihrem selbstgemachten Apfelkuchen und sagte: »Iss nur! Iss nur! Würmer sind eiweißhaltig!« Nicht, dass sie skurril war, sie war nur sparsam. Und da Adelstitel nicht immer mit jubilierender Verschwendungssucht, sondern auch mit Enthaltsamkeit in Verbindung gebracht werden, fühlte sie sich durch den Titel der Lady durchaus in ihrer erblichen Anlage bekräftigt.

In diesem Titel verschmolzen aufs Natürlichste die entsagende Moral alter Familien und der ererbte Bauerngeiz meiner Tante. Mein Onkel jedoch befand sich in einem Zustand, wo ihm nichts anderes mehr als etwas Wärme guttun konnte. Ich nahm seine rissigen, eisigen Hände, die schwer und leicht zugleich waren, und hauchte sie mit meinem Atem an, doch sie wollten nicht mehr warm werden. Seine Finger lagen wie Eiszapfen in meinen Händen. »Versprich mir nur ja, dass du nicht stirbst«, flehte ich ihn an. »Ich habe noch so viele Fragen an dich und will all die Anekdoten, die du immer erzählt hast, aufschreiben. Lass uns bloß nicht allein hier! Du bist der Einzige von uns, der etwas weiß. Wen sonst kann ich fragen, wie der Erste Weltkrieg zustande gekommen ist? Wer sonst erzählt mir, wie der Krieg zwischen Pakistan und Indien ausgebrochen ist? Ich würde ohne dich vor Langeweile sterben!«

Ich bedeckte sein feines Gesicht mit Küssen, die ihn sichtbar erfreuten, doch zugleich ermüdeten. Er musste schon im Dunst einer anderen Welt verweilen, wo es weit weniger heftig zuging, doch aus seinem gebrochenen Blick drang noch ein glühender, kindlicher Strahl der Liebe. Plötzlich belebte sich jeder einzelne Gegenstand in der Nähe seines Bettes mit schmerzhafter Würde. Das Porträt auf dem Umschlag des Buches auf seinem Nachttisch, ein Buch mit den Essays des Vicomte de Bonald, den Balzac einen »Adler-Denker« genannt hatte und der zu seinen Lebzeiten den Geist der Gegenaufklärung in Frankreich verkörperte, wurde zum Bildnis des letzten männlichen Freundes, der Einlass in sein Zimmer gefunden hatte. Mich schmerzte die Vorstellung bis ins Mark, dass mein Onkel seine letzten intellektuellen Kräfte an die schwierigen Sentenzen eines Denkers über die Ruinösität der Libertinage und über die Strenge der Schönheit aufwandte. Doch jetzt war es zu spät, ihm jene Bücher zu geben, die auf dem Nachttisch eines Kranken liegen sollten, die Bücher mit Hölderlins und Annette von Droste-Hülshoffs Gedichten, oder Tolstois *Der Tod des Iwan Iljitsch.*

Auch seine tausendmal reparierte Armbanduhr mit dem ausgefransten Band tickte wie im Bewusstsein einer letzten Stunde, das zerknitterte Taschentuch hatte schon eine endgültige Stellung auf dem Nachttisch eingenommen. Jene Gegenstände, die von ihm tausendfach achtlos berührt und benutzt worden waren, wie seine Hausschuhe vor dem Bett, verbreiteten die Aura ihrer Ausgedientheit. Sie waren allesamt zu Veteranen geworden, und nach seinem Tod würden manche von ihnen sich wie Fossilien in das Gedächtnis meiner Tante eindrücken. Das Objekt und sein Besitzer, welch tragisches Bündnis, dachte ich, als ich meinen Blick durch den kälteklirrenden Raum schweifen ließ und an manchem Gegenstand hängen blieb, der sich, wie ein Pilz mit der Feuchtigkeit der Erde, mit dem Wesen meines Onkels vollgesogen hatte. Sein Morgenmantel, der an der Tür an einem Haken hing, hatte den Ausdruck seines Körpers, ja mehr, den Ausdruck seines Geistes angenommen. Die ausgetretenen fellgefütterten Pantoffeln trugen die tiefe Spur seines zum Schluss schweren, müden und unsicheren Schrittes. »Wir sind müde«, sagten die Pantoffeln, als ich sie anblickte. »Wir sind müde«, sagten die Notizhefte, in denen Leslie mit gespensterhaft zitternder Hand Selbstanschuldigungen, Testamentsentwürfe und die Anamnese seiner Krankheit aufgezeichnet hatte. Es war müde um ihn herum geworden, noch ehe ihn selbst die letzte Müdigkeit befiel, so wie es manchen alten Häusern ergeht, die bereits vor dem Tod ihrer Besitzer von einem Verfall gezeichnet sind, der das Ende voraussagt.

»Belebt euch!«, richtete ich mich wortlos an all die mir lieben kleinen Gegenstände, die immer zu ihm gehört hatten, an den schwarzen Füller mit den ihn umfassenden Goldringen, an den sommerlichen Hut, unter dessen Strohdeckel das Schlagen von Zikaden, der Geruch von Lorbeersträuchern und das Wellengeplätscher des Meeres hervordrangen, an die silberne Lesebrille, die mit dem Ausdruck seines Gesichtes auf den Sätzen einer aufgeschlagenen Seite aus Bonalds Essays lag, richtete ich mich auch an die aufgebrochene Mandarine auf dem blauen Porzellanteller, die sich in ihrer aufdringlichen und etwas vulgären Farbe, in ihrer saftig glänzenden Halbiertheit aus der Todesluft um sie herum heraushalten zu wollen schien.

»Ich habe an allem Schuld«, sagte Lord Leslie, »Schuld an dem Verfall meines Besitzes, Schuld an meiner Krankheit, Schuld an meinen Schulden, Schuld an allem. Ich hinterlasse nur Chaos.«

Ich rief meine Tante. Sie trat in ihren Stiefeln mit dem Schritt einer ungeduldigen Kavalleristin an sein Bett, setzte sich in ihrer strahlend fliederfarbenen Strickjacke einer Pontormodame und in ihrem überlangen Rock an den Bettrand und küsste das zu Eidechsenhaut erstarrte Antlitz mit der vor dem Schicksal hilflosen Liebe einer Erleuchteten, die erst im Angesicht der gnadenlosen Eigenwilligkeit des Todes die einzige Aufgabe im Leben eines Menschen erkennt: zu lieben. Ihre Tränen rannen an seinem Kinn herunter und tropften die Halsfalten hinab auf seine Brust, doch er konnte nicht mehr weinen, er blickte sie starr, voller Liebe und Dankbarkeit an, und dann spiegelten sie einander noch einmal in ihren Pupillen, und der eine nahm den anderen in sich auf.

Ich schloss die Tür mit der kindlichen Hoffnung hinter mir, es würde sich alles bessern, und in der Gewissheit, dass ich den letzten Blick in die Augen meines Onkels gesenkt hatte. Dass Ms Moina einen Zug früher als er genommen hatte, das hatte ich verschwiegen.

Wie das Insekt, angezogen vom Nektar, sich auf dem Blattende einer Kannenpflanze niederlässt, plötzlich aber auf der steil nach unten abfallenden Fläche keinen Halt mehr findet und in den mit Verdauungsflüssigkeit gefüllten Boden der Kanne fällt, so verlor auch ich meinen letzten Halt, stürzte im Treppenflur auf die Steinplatten und blieb dort einige Augenblicke lang bewusstlos liegen, bis ich wieder erwachte und in mein blaues Zimmer ging.

Ich war in jenen Zustand geraten, in dem nichts mehr in der Welt, außer dem eigenen Bett, Anziehungskraft besitzt, in dem kein Sessel, kein Stuhl und auch nicht der bequemste Schaukelstuhl eine Stütze für den Menschen sind, dem vor Schwäche und Aussichtslosigkeit übel wird, einer Aussichtslosigkeit, die, zöge sie ihn nicht ins Bett, unter die gefrorene Erde ziehen würde. Ich musste mich ins Bett legen, wie auf einen Katafalk.

Ich bereitete eine Thermosflasche mit schwarzem Rumtee und legte mich in jenes Gestell, wo entweder Leben gezeugt oder Leben verschlafen wird. Ich hatte vor, einen Teil davon zu verschlafen. Die Bettwärme der Leinenlaken aus Leslies Familie, zwischen denen meine Tränen und der heiße Tee jene Vogelnestwärme erzeugten, die in trostlosen Momenten die einzig wohltuende Temperatur für eine angeschlagene Seele ist, hüllte mich wie stoffgewordene Milch ein. Ich weinte so lange, bis ich einschlief und in einen Schlaf eintauchte, der mich eineinhalb Tage lang, wie in einem asklepisch-morphinischen Schlafsaal, in sein Reich aufnahm. Hier fuhr ich für drei Euro in einer Kutsche durch ein Schneegestöber nach Indien auf das Begräbnis von Ms Bill, reiste auf einem Schiff mit sonderbar zerfetzten Segeln übers Meer, roch an silbernen Früchten in phantastischen Tropenbäumen, stapfte gänzlich nackt über lehmglitschige Böden voller Pfützen einer ausgestreckten, großen Hand entgegen, pflückte Büschel von der großen grünen Iris, die sich bei meiner Berührung in Wasserlibellen verwandelten, als unvermittelt ein Ruf in meinen Schlaf drang. Ich hörte eindeutig meinen Namen. Rief mich eine Wasserlibelle? Ein Kutscher? Oder war das die Tante? Die rufende Stimme brach das Gleichgewicht, das ich im Schlaf wiedergefunden hatte. Ich wachte auf. Meine Tante klopfte wie besessen an meine Tür und rief: »Er ist tot! Er ist tot!«

* * *

So hatte ich auch meinen Onkel verloren und befand mich nun in der ausschließlichen Gesellschaft meiner botanisierenden Tante, ihrer Ziegen, Gänse, Enten, Pfauen, Hunde, Katzen und Kaninchen, unter dem Schatten eines silbernen Wappens, das die Tante nach dem Tod ihres Mannes unverzüglich auf die Frontseite des Anwesens hatte aufmalen lassen. Lord Leslie selbst hatte dieses Schild, mit an Schamhaftigkeit grenzender Bescheidenheit, stets als etwas unsinnig Aufschneiderisches betrachtet und es als Emblem gewisser aristokratischer Eigenschaften wie Ritterlichkeit, Mut und Verstand von seinen

Briefpapieren entfernen lassen. Dass der Stammbaum meines Onkels ins Zeitalter des Richard Löwenherz zurückreichte, bezauberte meine Tante über die Maßen. Bewappnet und titelbewaffnet, ließ es sich ohne Frage besser leben, weshalb sie nach Leslies Tod auch sogleich zum Drucker lief und sich das Familienschild in mattem Silber nun auf *ihr* Briefpapier einprägen ließ. Durch diese neuen Briefbögen gedachte sie jenen, die sich nach dem Tod ihres Mannes entschließen würden (wie es anständige Menschen mit Witwen zu machen belieben), ihre Existenz zu leugnen, ihr weder Weihnachts-noch Osterwunschkarten zuzuschicken, mit übermütiger Lust weiterhin ihr Dasein auf dieser Welt kundzutun. Außerdem verwendete sie das Wappenpapier für Briefe an neue Heiratskandidaten, die sie sich sorgfältig aus dem Anzeigenteil der *New York Review of Books* aussuchte, ob sie nun des Englischen mächtig war oder nicht. Etwas so Bezauberndes und ihr gänzlich Unbekanntes wie ein schwarzer Anwalt aus Brooklyn schwebte ihr als Anwärter vor, ein James Baldwin, mit großen weißen Zähnen und einer Art freiherziger Eleganz und lachender Trompetenspielermanier, jemand, der Amerikanisch sprechen und den sie nur mit Mühe verstehen würde. Denn gerade an der Sprache ihrer Landsmänner, das wusste sie, würde jedes Eheprojekt scheitern, da sich im Deutschen, wie Ziegenbarthaare an einem Stacheldraht, so unzählbare, ihren Zorn hervorrufende Aussprüche, Termini, Worte und Ausrufe festgesetzt hatten, die ihr von vornherein ein Geflirte, Gegirre und Wortgezwitscher mit einem Mann ihrer eigenen Sprache vergällten. Es gab einen weltweit in Verwendung geratenen, allerdings nicht deutschen, sondern amerikanischen Ausdruck, der eine verteufelte Wirkung auf ihr Trommelfell besaß, und das war das einfache Wort

»okay«. Wer in meiner Tante Gegenwart diesen Ausdruck verwendete, fiel schlagartig, wie mancher Sünder in Dantes Hölle, in sein Grab zurück, aus dem er vor ihren Augen hatte emporklettern wollen. »Sagen Sie ja oder sagen Sie nein, aber sagen Sie nicht okay«, sagte meine Tante mit ihrer geradezu ins Mittelalterlich-Anklägerische gehenden Vehemenz. Alle Okay-Sager wurden für immer aus dem Kreis ihrer Achtung verbannt. Das Wort »okay« war jedoch nur der Oberanführer eines Wort- und Ausspruchheeres, vor dem die Tante ihre Ohren verschloss. Man sah geradezu, wie sich Eisengitter vor ihrem Trommelfell schlossen, wenn jemand in ihrer Anwesenheit das Wort »psychologisch«, »kreativ«, »total« oder einen Ausspruch wie »Damit kann ich nicht umgehen« oder »Das ist nicht mein Problem« verwendete. Mausetot und für immer verloren war ein solcher Worttropf dann, und ein wirkliches Zurück zu ihr wollte sich danach auch selten mehr einstellen. Ihre Verachtung für solche Sprachwendungen war ihr ebenso wichtig wie Plinius das Landleben. Sie führte ihren Kampf dagegen meisterhaft aus und legte all ihre Talente darein, selbst nicht in die Falle sprachlicher Abstumpfung zu geraten.

Mit meiner Tante war man sicher, gegen die gesamte Welt zu stehen, und so lebte es sich zwar einsamer, aber keinesfalls weniger unterhaltsam in ihrer Gesellschaft. Die Wahrheit zu gestehen, sie mähte nieder, was in ihren Augen nicht hieb- und stichfest war, wobei sie ihre Angriffe hauptsächlich gegen schlappe, schlaffe, amerikanisierte, aus der Wellness-Technik-rette-dich-selbst-Welt stammende Wortbildungen richtete. Es lebte sich an ihrer Seite wie in einem riesigen Resonanzkasten, in dem bei Tag und Nacht all die Worte widerhallten, die ihren Abscheu erregten, einzelne Worte, die sie in den Zeitungen las oder im Radio hörte, die sie gefangen nahm und während ihrer Haus- und Gartenarbeiten so lange, bis sie auf ihren dummen Ursprung stieß, niederredete und in den Abgrund ihrer eigenen Verachtung warf, wozu ihr der Sinnspruch auf dem Wappen ihres Mannes »Fight on!« alle Berechtigung zu geben schien.

Außerdem half ihr dieser Wappenspruch auch dabei, den Tod ihres Mannes mit heraldischer Würde zu tragen.

In der Morgendämmerung empfing mich meine Tante mit einem Zitat aus der Zeitung, als sie mit Leslies Wendemütze auf dem Kopf vor einer Kanne Orange-Pekoe-Tee saß. »Es wird ungemütlich werden in dieser Welt«, sagte sie dann, »und außerdem ist vergangene Nacht eine Kältefront aus Spanien über Frankreich hereingebrochen. Wir müssen die Geranien von der Veranda holen und in den Flur stellen.«

Ja, die Wiesen des Gartens waren mit pulverigem Raureif bedeckt, der einen Hauch eisiger Stille über die Grasflächen breitete, einen Hauch Kristall. Das Krächzen von Krähen durchdrang die klare Luft, in der jede Pflanze und jeder Stein mit dem dunkelsten, fettesten Ton seiner Farbmöglichkeiten angelaufen war. Eine blendende Schneemasse lag auf den Felsrücken, deren Abglanz die Luft erstrahlen ließ.

Meine Tante, die ihrem Sternzeichen, dem Schützen, als von Gewagtheiten und Eleganz angezogene Frau alle Ehre machte, hatte die Eigenart, sich desto bunter zu kleiden, je düsterer und tiefer der Himmel hing.

Nach dem Frühstück, das, außer dem Tee, aus einer Frucht aus ihrem Garten bestand, nahm sie die geliebte Wendemütze ihres Mannes vom Kopf und musste sich zu einer gewissen Disziplin aufrufen, um nicht als Tscherkessin verkleidet aus ihrem Schlafzimmer wieder aufzutauchen.

Im Sommer trug sie Hüte, auf denen fast alle Blumenarten vertreten waren, im Winter steckte sie ihren Kopf entweder unter eine Mütze aus Kaninchenfell oder unter ein Tuch, das von weit her rosa, türkis, weizengelb oder krankenschwesterhaft weiß leuchtete. Insbesondere an den kunstvoll geschlungenen Tüchern waren leicht ihr Wanderzirkusnaturell und ihre Liebe zu Zigeunern abzulesen. Zigeunerinnen aber liebte sie, weil sie lange Röcke trugen und den Anschein von Freiheit demonstrierten. Es wollte ihr so vorkommen, als gingen diese Frauen mit einem größeren Stolz als andere über die Straße, und Stolz hielt sie für unabdingbar für eine Frau. Ich glaube, dass meine Tante sich als Zigeunerin oder als Falkenjägerin verkleidete, weil sie der unerschütterlichen Ansicht war, dass unsere Welt an der Übermacht dessen zugrunde ging, was als Realität bezeichnet wird. »Real aber«, sagte sie, »ist nur der Tod, und deshalb sieht fast die ganze Welt inzwischen wie ein Bunker aus.« So stellte sie sich also in ihrer bunten Kostümierung gegen das Zementgrau, das sich wie ein Schleier über die Welt gelegt hat. Aufgrund eines tiefen Gesetzes des Symbolismus, behauptete sie, hasse der Zement die Farbe, was ja durchaus keine Einbildung zu nennen war, da man sich nur umzublicken brauchte, um ihr zuzustimmen.

Abgesehen von ihren Kopfbedeckungen, gehörte ihre Kleidung jedoch einer Epoche an, die es niemals gegeben hatte, denn meine Tante war eine Epoche für sich. Ihre Röcke fielen weiter und länger hinab als bei anderen Frauen, wie um etwas um sich herum aufzuwirbeln. Es hatte etwas Klatschendes, Wehendes, den Boden unter sich zum Klingen Bringendes, wenn sie in ihrem langen Rock erschien, auch etwas Einsames, Lustiges und Tapferes, denn so ein langer, wallender Rock hatte es nicht einfach in einer Turnschuhgesellschaft. So ein langer Rock wehte etwas Anstoßerregendes und Originelles unter die Kurzrock- und die Hosenträgerinnen. So fiel meine Tante in die Augen, und sie fiel mit kindlichem Trotz und fiel gern. Es verstand sich, dass die Farblosesten unter den Hosen- und Kurzrockträgerinnen über sie lachten, in ihren grauen Hosen, in ihren grauen Mänteln über sie lachten, die da so rosa, grün und manchmal auch blau über den Asphalt schritt, immer in Ausschau nach einem Garten, der sich hinter einem großen Tor öffnen mochte, den Blick nach oben gerichtet, wo sie nach Erkern, belaubten Balkonen oder Türmchen suchte, woran ihre Augen sich erfreuen konnten, die sich dann wie ein Vogelpaar für eine Weile auf einer Glyzinienterrasse oder vor einem Erkerfenster niederließen. Fand ihr Blick nichts Schönes, an das er sich heften konnte, wurde sie müde und wollte nach Hause.

Meine Tante bedauerte, nicht zeichnen zu können. Sie hätte zu gern Zeichnungen verfertigt wie Goethe, etwa von einer kunstvoll geschmiedeten Pforte oder einem Fensterornament. Doch für das Zeichnen fehlte ihr die Geduld, da sie all ihr Talent an ihren Garten und seine Bepflanzung verschwendete. Sie zählte keineswegs zur Gärtnerinnenrasse der Vita Sackville-West oder der Elisabeth von Arnim, die ihre Gärtnerei als aristokratische Kunstform betrieben, nein, meine Tante führte die Bepflanzung ihres Grundstücks wie die Errichtung einer Festung aus, hinter der sie Schutz vor einer Welt suchte, in der die Spazier- und Wanderwege, die Flussläufe und Waldgänge gezählt waren. Zwar trug sie, statt einer Handtasche, einen russischen Leinenrucksack auf ihrem Rücken, als ob sie in die Welt hinauswandern wollte wie ein Taugenichts, doch hing er wie die Karikatur eines Romantikers, wie eine Erinnerung an Stock und Stein über ihren Schultern. Keinen Brotlaib und keine Weinflasche barg dieser Sack, sondern Haus- und Autosteuerpapiere, Telefonrechnungen oder Fernsehgebührformulare, die sie nun alle, nach Leslies Tod, allein zu begleichen hatte. Auch sie hatte sich gegen den Besitz eines Fernsehapparats nicht wehren können.

Neben den zu zahlenden Rechnungen landeten auch die wenigen Einkäufe, die sie hin und wieder machte, in dem Rucksack, denn Garten und Tiere belieferten sie täglich mit Nahrung. Sogar Käse stellte sie her, schneeweißen, weichen Ziegenkäse, und wie gerne würde ich jetzt erzählen, was alles noch in diesem Rucksack aufgefangen wurde, was alles auf seinem dunklen, krümeligen Grund zu liegen kam, von einem Rosenessenzfläschchen bis zum *Sommernachtstraum*, von einem Blumenstrauß für die Schneiderin bis zu einem indischen Straßenräubermesser, von einem drachenblutfarbenen Seidenstoff bis zu einer Weißölpumpe, von einer Drehdrüse bis zu einem goldkäferfarbigen Wams, und andere Objekte, die allesamt den Beginn einer neuen Geschichte bilden könnten.

Mit diesem Rucksack über den Schultern kam ihr vor allem das Leben schöner vor, verwilderter und waldschattenhafter. Beide Hände um seine Riemen gelegt, trat sie in ihren Maurerstiefeln, festen, hohen Schnürschuhen mit Vorderkappe und Hinterkappe, mit Haken und Öse fest auf das Pflaster auf, streckte im Gehen ihre Wirbelsäule durch und setzte all ihre Kraft darein, dem trostlosen Straßenbild so aufrecht wie möglich entgegenzugehen. Doch diese Schuhe erst, was gaben die zu lachen, wie sie da unter dem wallenden Saum im Mönchs- und Wanderschritt einhergingen, während oben, an ihren

Ohren, filigrane Ohrgehänge ganz leise vor sich hin läuteten, indische Ohrringe mit Goldglöckchen.

Eines muss aber zu dem Rucksack noch gesagt werden, nämlich seine Nutzung als Botanisiertrommel, da es meiner Tante gelang, von fast allen ihren Wegen stets die Wurzel, die Knolle oder den Samen einer Pflanze mitzunehmen. Zäune, Mauern und Hunde hinter Gitterstäben hinderten sie nicht daran, diese Hindernisse mit ihrem Rucksack zu überwinden und mit einer Pflanzenkelle Veilchengemeinden oder Akanthusfamilien aus fremden Gartenerden zu heben. Daher strömte aus diesem Sack auch stets der Geruch von Erde und Herbst hervor.

Meine Tante verabsäumte es keinen Tag, mir Unterricht in Botanik zu erteilen. Ihre Kenntnisse beruhten auf langer Erfahrung, und bei allen Witterungen und in allen Stimmungen machten wir uns am Morgen in ihre Gemüsegärten auf. Hier hatte sie im Winter alle Kohlsorten, Lauch, Zwiebeln, Fenchel, Spinat, Mangold und Brokkoli gepflanzt, hier hatte sie Karotten gesät.

Wenn ich die kleinen, in der Erde wurzelnden, mit petersilienähnlichem Schopf versehenen Gewächse aus dem Boden zog, die mir als Alraune oder Erdgnome erschienen, lachte ich jedes Mal so laut, dass es unter der Felswand widerhallte. In der Einsamkeit nehmen ja gerade die Erscheinungen in der Natur etwas Menschliches an, füllen sich mit einer ihnen selbst gewiss ganz fremden Bedeutung: die dicke Wurzel mancher Karotte, die an ihrem Ende in zwei gespalten war, sah ich aus meinen Augen als zwei krumme Beine, die mir davonlaufen konnten. Auch der Lauch mit seinen glatten, graugrünen, sich um einen perlmuttweißen Kern schließenden Blätter, die wie die langen Strähnen einer Pflanzenfrau aussahen, auch der an ein Unterwassergewächs erinnernde Brokkoli mit seinen harten kleinen Blüten, auch die Kürbisse, deren symmetrische Hälften, wie meine Tante mir erklärte, den Chinesen zur Demonstration der in zwei gleiche Teile gespaltenen Ureinheit der Welt, aller Dinge und Menschen dienten, deren Wiedervereinigung zwar vorstellbar, doch niemals zu erlangen sei, da Yin und Yang, das Dunkle und das Helle, Teil jedes Lebens sind, ja, vor allem die Kürbisse betrachtete ich, als blickten auch sie mir aus ihren verborgenen Sehorganen entgegen. »In einer Kürbislaube findest du leichter die vollkommene Harmonie als in einem großen Palast«, zitierte meine Tante einen chinesischen Spruch, wenn ich diese Früchte berührte, um ihren Reifegrad festzustellen.

Kamen meine Finger mit dem Borretsch, mit seinen durchsichtigen, aus Blüten, Blättern und Stängeln hervorstechenden Stacheln in Berührung, fasste ich nur einen seiner Kelche an, aus deren Mitte eine violette Knospe wuchs, dann empfand ich einen von ihm auf mich übergehenden Schauer, und wenn ich dann den Gemüsesorten und Kräutern die saftvollen Stängel, Blätter oder Köpfe abschnitt, um sie in meinen Korb zu betten, wenn der Lauch eine seiner langen Strähnen über den Korbrand hängen ließ, ein Brokkoli seinen Hals darüber beugte, ein Kohlblatt sich wie eine kleine Hand am Korbgriff festzuhalten schien, eine vereiste Rosenknospe aus den Gemüsen hervorstach, so erschien mir der Korb wie ein geflochtener Käfig voll gefangen genommener, kurz vor dem Ableben noch einmal aufbegehrender Wesen. War es für mich eine Freude, die Gemüse einzeln aus dem Korb zu nehmen und unter fließendem Wasser zu waschen, so erfüllte mich der Augenblick *davor*, wenn der Korb wie eine Opferdarbringung auf dem Tisch stand, mit einer unaufgeregten Empfindung der Lust.

Der Garten war ein unermessliches Feld der Anschauung. In den Pflanzen begegnete mir jedes Mal etwas, das sich mir schweigend auslieferte, doch hinter seinen Schalen und Blättern ein schlagendes Herz trug. Die Gemüse und Blumen – jetzt aß ich sie, doch einst würden sie mich essen. In ihnen lag dieselbe Kraft verborgen, die meine Schritte lenkte.

Wie die zwei Vögel aus den Upanishaden, die sich auf einem Asvattha-Zweig gegenübersitzen und einander beobachten, so fand in dem Garten ein unaufhörlich gegenseitiges, stillschweigendes Betrachten statt, wenn ich mit einem Messer in der einen, mit dem Korb in der anderen Hand durch das hohe Gras, über die Steinstufen oder zwischen den Myrtenhecken entlangging. Es war ein gegenseitiges Abhören, Abriechen, Abtasten. Jeder Schritt, den ich tat, rief auf dem Grundstück eine vielfältige, sichtbare und unsichtbare Resonanz hervor: der Hund erhob sich aus seinem apathischen Druseln und lief hinter mir her, die Katzen sprangen plötzlich von den Mauerbrüstungen, die Blätter gerieten im Windzug meiner Schritte in Bewegung, die ihrerseits andere Pflanzen in Schwingung versetzte. Die Hühner meiner Tante umkreisten mich, als wäre ich der Rattenfänger von Hameln, und die Zweige, die meinen Kopf von oben berührten, wippten noch lange, wenn ich schon unter ihnen durchgegangen war. Etwas Ansteckendes lag in jedem meiner Schritte durch das Gras. Suche ich einen Vergleich in der Menschenwelt mit dieser von mir auf die Pflanzen übergehenden Wirkung, so fällt mir das Bild einer schönen Frau ein, die plötzlich die Tür zu einem überfüllten Raum öffnet. Aus ihren Poren, aus ihren Haaren, aus ihren Augen weht die Menschen im Raum etwas an, das, vielleicht nur dem Äther vergleichbar, wie ein Hauch ihr innerstes Wesen berührt, jenen geheimnisvollen Kern, der für das Schöne empfänglich ist. Manche Dame wird über die Dauerwellenfrisur der schönen Frau lachen, eine Frisur, die doch nichts anderes bewirken möchte als die Locken der violetten Helmbüschel einer Fliederblüte: das Auge ihres Betrachters ausschließlich für das Schöne zu öffnen. So, wie ich im Geäst und im Rasen ein Rascheln, Rauschen oder Zittern der Grashalme hervorrief, ebenso ruft auch das Erscheinen einer schönen Frau eine Veränderung auf den Gesichtern hervor, manchmal offensichtlich, manchmal kaum zu erkennen, wie der Schatten eines Zitronenfalters, der über eine Sandfläche dahinflattert. Der Anblick des Schönen scheint uns an jener Stelle zu berühren, wo das Bewusstsein für das Leben, für unser Leben entspringt. Es heißt, eine schöne Frau bringe Leben in den Raum, und so brachten meine Tante und ich Leben in den Garten, vor allem aber entnahmen wir es ihm. Umflatterten und umgackerten die Hühner uns nicht, weil wir ihnen mit den Maiskörnern im Eimer Leben brachten, lief der Hund nicht hinter meiner Tante her, weil er ihr sein sattes, faules Dasein verdankte, blühten die Rosen und Lilien nicht so leuchtend, weil wir uns um sie kümmerten?

Die Tante hatte sich auf dem Grundstück auf ein tägliches Abenteuer eingelassen. Als Jägerin ging sie durch ihren Garten, in dem es nie an Beute fehlte, ob es Kohlköpfe, Schwalbennester oder Eichenschillerchen waren. Zu allen Jahreszeiten jagte sie nach Heilpflanzen. Im März pflückte sie den jungen Löwenzahn, der den reichen Stickstoffgehalt im Boden ihres Gartens liebte und sich daher jedes Jahr dichter ausbreitete. Sie verwendete ihn als altbekanntes Heilkraut in ihren Salaten, in die sie auch Veilchen streute, die dank ihrer

Vitalität in beiden Hemisphären beheimatet sind. Aus den Veilchen, die von den Renaissancemalern in ihrem Kanon christlicher Darstellungen selbstverständlich als Symbol der Demut und Bescheidenheit aufgenommen worden waren, bereitete sie außerdem einen Sherbet, den schon Mohammed als besondere Spezialität gerühmt hatte. »Das Wundervolle am Veilchen-Sherbet, das ihn vor allem anderen auszeichnet, ist, dass er kühlt im Sommer und wärmt im Winter.«

Meine Tante führte stets solche, aus dem Reich der Botanik hervorgegangene Zitate im Mund, die eine ewige Wirklichkeit trafen. Jegliche Pflanze war in ihrem Leben mit einer und mehr Geschichten verbunden. Am neunten März eines jeden Jahres gedachte sie des Einzugs von Napoleon in Paris, als die Frauen veilchenfarbene Kleider trugen und Veilchen über alle Straßen, die der Kaiser beschritt, gestreut wurden. Doch fast so rasch, wie Veilchen verblühen, kam Waterloo, sagte die Tante. Napoleons Liebe zum Veilchen aber hat ihn auch danach nie verlassen, eine Liebe, die sich in ihm festgewurzelt hatte, als ihm Joséphine de Beauharnais, am ersten Abend ihrer Bekanntschaft, einen Veilchenstrauß aus ihrem Wagen zugeworfen hatte. Am neunten März eines jeden Jahres suchte meine Tante in den aufkeimenden Wiesen diese Priapusblume. Und auch ich setzte den Tag, an dem ich das erste Veilchen erblickte, mit dem Beginn des Vorfrühlings gleich. »Wo Frühlingsgötter über die Erde schreiten, sieht man Veilchen unter ihren Füßen erblühen.« In ihren dunkelvioletten, zu Boden geneigten Knospen lag der Geruch der kommenden Frühlingsgewitter, lag die Farbe der Märzabendluft. So verleibte ich mir nicht nur mit dem Verzehr der Veilchen den aufbrechenden Frühling ein, sondern schlief auch neben seinen Sträußen, die durch ihren bitteren Duft auf meine

Träume wirkten. Im April aber ging die Tante mit lustvoller Gier auf die Weißdornbäume zu. Sie betrachtete die kleinen kräftigen Blüten mit mikroskopischem Blick, als wollte sie ganz in sie eindringen, mit ihnen verschmelzen, gebannt von dem Gedanken, dass das wahre Geheimnis des Weißdorns in seiner vom eigenen Aasgeruch begleiteten medizinischen Eigenschaft liegt, die Nerven zu beruhigen, den Bluthochdruck zu senken und den Schlaf zu fördern. Doch nicht nur der Weißdorn, auch der Hase, der ihr auf ihren frühmorgendlichen Spaziergängen auf dem Grundstück begegnete, bei ihrem Anblick wie erstarrt auf dem Schotterweg stehenblieb und sie aus seinen Hasenaugen mit jener tierischen, die Gefahr blitzschnell ermessenden Schärfe ansah, um dann mit hohem Sprung ins Gras jenseits des Weges zu flüchten, auch der spiralenförmig sich windende Wildspargel, auch die Zitronenmelisse am Wegrand gaben ihr ständig Anlass zu Betrachtungen philosophischer Art. Je schöner, sagte sie, die Erscheinung einer Pflanze ist, je aufmerksamer ich sie zu erfassen suche, desto weniger selbstverständlich und weniger lang blüht sie.

Meine Tante, die sich in unserer Zeit durchaus nicht wohlfühlte, fand in ihrem Festungsgarten den Trost, den nur die Schönheit erteilen kann, die sich in Bäumen, Blüten, Gewässern, in Steinen und Tieren verkörpert. Bückte sie sich, um eine Schwertlilie zu pflücken, so kniete sie in meinen Augen vor Gott nieder, der sich ihr an diesem Frühlingsmorgen in dieser Blume offenbarte. Ja, dachte ich, die Schönheit der Gartenarbeit liegt in diesem ständigen Bücken und Niederknien zu den Pflanzen, die jenes Dauerhafte darstellen, das allein der Verehrung würdig ist.

Dinge ohne Dauer oder Tradition ließen meine Tante kalt,

die ihrerseits die Verkörperung einer lebendigen Werkstätte war. Niemals bin ich einem Menschen begegnet, der sich so bemühte, verblassende Erinnerungen festzuhalten, und wenn es ein grüner Wanderstrumpf ihres lange schon verstorbenen Vaters war, dessen Löcher sie mit grünem Zwirn stopfte, um ihn nicht einer Müllhalde ausliefern zu müssen, wo er mit all seinen Waldwegerinnerungen, mit allen in seinen Fasern aufbewahrten Sommer- und Herbstliedern, mit all den väterlichen Naturbeglückungen ein erbärmliches Ende gefunden hätte. So aber fand er wieder einen Fuß, der ihn hinaustrug in einen Garten. Oder eine Kordhose von Leslie, die sie von der Schneiderin auf ihre Taillengröße und Beinlänge umarbeiten ließ, um in dieser Hose ihren geliebten Mann am Körper zu tragen. Zerbrochene Teller, von denen ich mich für immer verabschiedet hätte, kittete sie mit größter Sorgfalt, aus Tischdecken ließ sie Bettdecken machen, aus Hosen Röcke, aus Pelzbesätzen Pelzmützen. Sie reparierte, restaurierte, nähte um und nähte an, stopfte und flickte, beklebte und zersägte, collagierte und umrahmte in einem fort, auf dass nichts der Leb- und Sinnlosigkeit preisgegeben würde. Fand sie einen alten verrosteten Nagel in der Erde, so ließ sie ihn in ihre Tasche gleiten und fragte sich, in welchem Haus er wohl in der Wand gesteckt haben mochte. Alles fand bei ihr Verwendung, selbst Krümel, die sie vom Küchentisch in einen Blechteller wischte, damit die Hühner sie aufpicken konnten. Zuweilen nahm sie sogar ihre Mahlzeiten inmitten der Hühner ein, und auch die Ziege band sie an manchen Tagen in der Nähe einer ihrer vielen Gartentische fest, da sie sich in der Gesellschaft ihrer Tiere nie allein fühlte.

Ihre Liebe zu alten Gegenständen verbot es auch, einem

neuen Haushaltsgerät Eingang in ihre Küche zu gewähren. Jedes Nudelsieb, jeder Holzlöffel, jedes Messer und jedes Salzfass stammte aus der Küche ihrer oder Leslies Großmutter, ihrer oder Leslies Mutter, stammte aus einem Antiquitätenladen oder von einem Trödelmarkt. In welchen Küchen mag dieser Kochtopf gestanden haben? fragte sie sich. Durch welche Länder, welche Kriege und welche Küchen war das Messer in Schnabelschuhform gekommen, das sie bei einem Flohmarkthändler erworben hatte? Sie konnte nicht einen dieser Gegenstände berühren, ohne ihm seine Geschichte entlocken zu wollen. Einmal fand ich sie in Tränen vor: Ein Teller aus Lucknow, bemalt mit den Palästen und Palmen, die einst den Fluss der alten muslimischen Hauptstadt gesäumt hatten, war zwischen ihren Händen zerbrochen, auf den kalten Steinplatten des Küchenbodens zerschellt und mit dem kleinen Boot, darin ein Paar mit Schirm gesessen hatte, in hundert Stücke zersplittert. Drei Tage lang konnte die Tante keine Heiratsannoncen aus der *New York Review of Books* beantworten, so unwürdig dieses Tellers erschienen ihr plötzlich alle möglichen Ehekandidaten, so unwürdig dieses Porzellantellers, von dem vielleicht Kipling selbst – wer konnte es wissen? – einmal gegessen hatte. Das Blau seiner Bemalung war schon sehr blass gewesen. Die tropische Sonne musste ihn lange beschienen haben, um ihm sein Blau derart auszusaugen. An die Stelle, wo er gehangen hatte, kam dann ein wertvollerer, auch viel größerer Teller, doch leuchtete er seinen blassen orientalischen Vorfahren nicht fort. Das Liebespaar auf dem Boot drückte sich wie ein Pausbild durch den anderen Teller hindurch.

Unnötig zu wiederholen, dass meine Tante all die alten Gegenstände nicht des Wertes halber erhielt und erwarb. Diese

Objekte waren nichts anderes als ihr Leben schlechthin, ihre damit verbundenen Erinnerungen. Durch ihren Erhalt ehrte sie gleichermaßen die künstlerischen Hersteller, ihre eigenen oder Leslies Eltern und Großeltern oder einfach die schlichtweg unbekannte Vergangenheit, die in den erkauften Stücken lag.

Es versteht sich, dass für eine Frau wie meine Tante die Küche der wichtigste Raum im Hause war. Die Küche einer Frau bleibt nun einmal der zuverlässigste Spiegel ihrer Seele. Für Lady Leslie galt, dass eine Frau sich in ihrer Küche wie in einem Tempel zu bewegen habe. Die Küche war in ihren Augen eine Zauberstätte, wo Pflanzen in polierten Kupferschüsseln oder Eisenpfannen einer alchemistischen Verwandlung unterzogen wurden, während der das Geheimnis der jeweiligen Pflanze offenbart wurde. »In der Küche«, sagte sie, »kämpft eine Frau auf ihre Art gegen das Übel, ja gegen den Teufel an, wenn sie mit dem lichten, schmelzbaren Salz, der Arkansubstanz, und dem unverbrennlichen Öl hantiert.« Sie wusste, dass das ganze Geheimnis im Salz und seiner Lösung lag, dass das Salz das *centrum concentratum elementorum* ist.

Backte sie einen Erdbeerkuchen, so erzählte sie die Legende von Christus, der einmal auf Erden ein kleines Mädchen mit einem verdeckten Körbchen voll Erdbeeren getroffen und gefragt hatte, was sich in dem Korb denn befinde. »Nichts«, log das Kind, worauf Christus erwiderte: »Dann soll es auch nichts sein.« »So sind die Erdbeeren ein Nichts geworden, sättigen und nähren nicht, auch wenn man noch so viel davon isst«, sagte die Tante und verzehrte eine ganze Handvoll von diesen dornenlosen Früchten, diesen Beeren ohne Stein und Schale, wobei sie achtgab, dass ihr nicht eine einzige Erdbeere beim

Pflücken herunterfiel, damit sie nicht dem Teufel ins Maul geriet.

Ihre Küche war auch der sauberste Raum im ganzen Haus. Besonders gab sie auf den Glanz der Gläser acht, denn Glas ist fest gewordenes Wasser. Jeder Gegenstand ihrer Küche erfüllte sie mit Stolz, ob es die schwarzen, gusseisernen Töpfe ihrer eigenen Mutter oder die Apothekergläser waren, in denen sie Nelken, Kardamom, Zimt, Senfsamen, Anissterne, Mangopulver oder Fenchelsamen aufbewahrte, Gewürze, die sie beim Kochen gleichfalls therapeutisch einsetzte.

Mich hatte die Tante in der Schule ihrer Leidenschaften großgezogen, es sich zur Aufgabe gemacht, aus mir eine belesene Köchin zu machen, eine Frau, die, statt wie die heilige Katharina, die in der rechten Hand eine Schreibfeder und in der linken ein Buch hält, zwar in der linken Hand ein Buch, in der rechten aber ein Küchenmesser hielt. Vom klugen, sicheren Umgang mit dem einen sowohl als auch mit dem anderen Gegenstand versprach sie sich größten Gewinn.

Die von ihren Vorfahren auf sie übergegangene Sparsamkeit hatte meiner Kindheit bei der Tante den Geschmack von einem angefaulten Apfel gegeben, doch im Nachhinein scheint er eine durchaus wesentliche Prägung für meinen Geschmack an sich gewesen zu sein. Wer in einen faulen Apfel gebissen hat, weiß den gesunden hoch zu schätzen, weit mehr als ein Immer-nur-gesunde-Äpfel-Verzehrer.

Arm und königlich frei zu sein, das schwebte meiner Tante als Glück vor, eine Rezeptur, die schon zu Platons Zeiten so ähnlich lautete. Merkwürdig gegensätzlich, könnte jemand denken: Eine tagaus, tagein Gegenstände sammelnde und bewahrende Frau, deren Ideal die Besitzlosigkeit ist. So ist aber nun einmal der Mensch gemacht, aus Geist und Seele, »doppelt in seinen Wegen«, mit einer bedrängenden Frage auf den Lippen: Bin ICH denn nicht ICH, o Herr?

Mochte auch die Lehre von den zwei Seelen früh verworfen worden sein, meine Tante verkörperte sie täglich, und während sie sich vornahm, dem heiligen Franziskus als Ideal zu folgen, zeichnete sich vor ihrem Auge zugleich der Blumenstoff für einen zu beziehenden Sessel ab. »Ich würde ja nichts lieber tun, als einem Franz von Assisi folgen, aber heute durch die technisierte Natur Europas zu wandern, das wäre eine Demütigung.«

So zog sie mich also inmitten ihrer Obstbäume, Gemüsebeete, inmitten der alten Möbel und von Leslies Büchern auf. Früh erlernte ich das Handwerk, Handwerker zu fürchten, die sich mit ihren jungen, nicht gelagerten Fichtenhölzern, mit hässlichen Wasserhähnen, Zementsäcken, Silikonspritzen und ihren Weißkachel- und Bidetvorstellungen bei der Tante einfanden und sich in Dingen des guten Handwerks nichts von ihr sagen lassen wollten, da ihre Flüge nach Thailand bereits gebucht, ihre Zeit gezählt war. Was einst ein Handwerker war, nannte sie einen Schandwerker. In Bomberjacken und mit den Händen in den Hosentaschen, im Geläut und Gepieps ihrer Handys, ließen sie sich keines Besseren belehren, nagelten Holzleisten unter das Burgdach, die Stück für Stück wieder vom Dach niederkrachten und das Burgleben bedrohten.

Die Tante besaß eine gründliche Kenntnis von Fußbodenleisten. Anständige Fußbodenleisten, lehrte sie mich, hatten mindestens dreiundzwanzig Zentimeter hoch und zwei Zentimeter dick zu sein. Der Schreiner war nicht fähig, ihr solcherart beschaffene Leisten, das Einfachste, in jedem Sinn Niedrigste im Schreinerhandwerk herzustellen, worauf die Tante einen Fluch ausstieß: »Entfernen wir diesen Trottel!«

Hunderte, ich sage Hunderte von Maurern, Innendekorateuren und Schreinern waren im Lauf von dreißig Jahren auf diese Weise von ihr entfernt worden, nachdem sie ihre Denkmäler aus Fichte, Zement oder Farbe auf der Burg hinterlassen hatten. Engelparaden, die sie auf Wolken hatte malen lassen, Regimenter von Enten und Göttinnen, die auf ihren Zimmerdecken ein neues Leben beginnen sollten, wurden ihrerseits wieder entfernt. Wie viele Palmenblätter, Zeltdächer, Hühner und Embleme hatten Einzug in das Haus gefunden, um wieder zu verschwinden. Wie viele Stunden hatte meine Tante mit Handwerkerbelehrungen verbracht, einen Stift und einen Zeichenblock in der Hand: »Verwenden Sie seelenruhig altes, verwittertes Holz. Ich will kein neues, sicheres Dach über dem Kopf, ich will ein schönes Dach über dem Kopf. Ich will kein Saunadach, sondern ein Scheunendach, leicht und beschwingend.« Doch es nützte nichts. Von Leichtigkeit und Beschwingtheit wollten die Handwerker nichts wissen, die ihr seismische und bautechnische Sicherheitsvorkehrungen vorhielten und maschinengefertigte Balken anbrachten, während meine Tante ihnen Bilder von Lorenzo Lottos Intarsien im Baptisterium zu Bergamo vorlegte. Die Hände in den Taschen, lachten die Männer sie an und aus. Und doch bewahrte das verfallene Anwesen seinen Zauber, der vielleicht gerade aus diesen Handwerkerkämpfen herrührte, aus den Verbesserungen, Entfernungen und Übermalungen, die allesamt einen lebendigen Eindruck schufen.

Was ich demnach an Pflanzenkenntnis, an Herzensausbildung, an Handwerkerbelehrungen, an Bücher- und Küchenkenntnissen erlernt hatte, stammte von meiner Tante, die mich als Kind in eine Dorfschule, später auf ein Kleinstadtgymnasium und noch später auf die Universität nach Paris schickte, um mich Theologie studieren zu lassen. Wie man weiß, sind Vertreibungen aus Gärten etwas Fatales. Gartenanpflanzerinnen mögen nie die Macht unterschätzen, die sie mit ihren Trompetenbäumen, ihren Vergissmeinnicht und ihren Kohlköpfen auf andere ausüben.

Wer, wie ich, die seltsam hohe Freude genoss, in einem Garten aufzuwachsen, der fühlt sich in einer Stadt entlaubt und entwurzelt, der fühlt sich einsam ohne seine Hacke und seine Rosenschere, mit denen er zwischen Schatten und Sonne für Ordnung sorgt. Ich erinnere mich an eine japanische Magnolie, die ich zu Beginn meines Studienfrühlings in ihrem Engelsrosa aufblühen sah. Sie blühte inmitten der Zementbauten einer Vorstadtsiedlung vor sich hin, mit einer Eleganz, einer Zartheit und einer Kraft, die den Frühlingstag selbst als etwas Grobes erscheinen ließen. Natürlich schossen mir beim Anblick der feinen Magnolie die Tränen in die Augen, da ich an jenem Tag (an einem anderen hätte ich den Baum vielleicht gar nicht wahrgenommen) große Ähnlichkeiten zwischen unseren beiden Existenzen erkannte. Das Licht, das auf das Weißrosa ihrer Blüten schien, wollte mir noch heller erscheinen, als ich in mein Untermietzimmer zurückkehrte, das ich mit einer hennarothaarigen Psychologiestudentin teilte, die in ihrem Leben hauptsächlich auf den Raub eines Einkaufswagens stolz war, der statt eines Schrankes mitten in ihrer Küche stand, einer Küche, die nach Linoleum und Banchatee roch, ein unangenehmer Geruch, der mir noch heute in die Nase zieht, sobald ich an ihn zurückdenke, an seinen Dunst, in dem ich damals am Küchentisch der Roten saß und mich in Emily Dickinsons gesammelte Briefe vertiefte, um mich aus dem Geruch hinauszulesen. Diese Psychologiestudentin hatte etwas Dunkles, etwas Verderbtes und Unreines an sich. Sie wechselte ihre Flanellschlafanzüge selten und ließ abends ihren Tanga neben dem Bett liegen. Ich tat alles, um ihrer Wohnung einen Hauch von Größe zu verleihen, indem ich zwei Kenziapalmen erwarb und neben meinem Bett aufstellte, einen blauen Sommerhut an das Bettende hängte, meine weiten Röcke wie Stoffbezüge über die Ikea-Klappstühle breitete und mein Zitronenparfum in die Räume stäubte, Vorrichtungen, die nichts bewirkten und mir das Studium keinesfalls erleichterten. Wären meine Bücher nicht gewesen! Ohne sie hätte ich mich entfärbt, hätte der Geruch der Wohnung Gewalt über mich gewonnen.

Ich ging zur Universität wie ein Obdachloser, der täglich eine Bank in einem Stadtpark aufsucht und sich für mehrere Stunden mit seinen Tüten und alten Zeitungen so gut wie möglich darauf einrichtet. Abends kehrte ich zur Roten zurück, die mich als Heimvorsteherin auf der Türschwelle empfing, mit einem vorwurfsvollen Gesichtsausdruck, da ich mich entweder unterstanden hatte, ihr am Abend zuvor einen biologischen Keks aus dem Einkaufswagen zu entwenden oder einen Schluck Wein aus einer der billigen Rotweinflaschen zu trinken.

Die Studentin war auf dem besten Weg, Lehrerin zu werden, während ich eindeutig den Versagerpfad einschlug. Ich fiel durch ein Examen nach dem anderen, obwohl ich mich für klüger als die Professoren hielt. Das Leben will nicht, dass wir es studieren, sondern dass wir ihm huldigen, dass wir es lieben: allein dieser Erkenntnis halber fühlte ich mich meinen Lehrern überlegen. So ging ich in albanischen Folkloreblusen in die Universität, geschminkt wie eine neapoletanische Wachsmadonna, auf der Suche nach einem für mich geeigneten Mann. Aber auch diese Suche misslang, denn keiner wollte sich zu meinen albanischen Blusen finden. Ich versagte und kehrte mit zwanzig Jahren zurück ins »Paradies«, um mich der Lektüre zu weihen, um die kleine Landwirtschaft zu betreiben und weiter zu warten.

So saßen meine Tante und ich, nach des Onkels Tod, zwischen den Ölbildern, dem blauen Geschirr und vor unseren kleidergefüllten Schränken, ohne dass ein einziger Gast bei uns erschienen wäre, doch wir warteten und waren immer empfangsbereit, denn ein Leben im Paradies ohne Besuch ist kein Leben im Paradies. Wer schließlich, wenn nicht ein Gast, kann bezeugen, dass es sich tatsächlich um ein Leben im Paradies handelt? Ohne den Besucher könnte über Nacht ja auch festgestellt werden, dass es sich um ein Leben in der Hölle handelt. Ja, meine Tante und ich lebten für den Besuch. Nie hätten wir es uns eingestanden, doch wir warteten täglich auf ihn. Wahrscheinlich mähten, säten, hackten und rechten wir für den Besuch, schrieben, lasen und backten für den Besuch, der ja ganz plötzlich erscheinen konnte, ohne Voranmeldung. Doch im letzten Winter und Vorfrühling erschien kein einziger Mensch, kein Heiratsanwärter für sie noch für mich, und wäre meine Tante nicht fähig gewesen, heiter zu bleiben, so weiß ich nicht, was aus mir noch geworden wäre, aber sie verstand es aufs Beste, mich auf dem kleinen, kalten Anwesen festzuhalten, ohne dass ich vor Langeweile und Trostlosigkeit umkam, denn außer dem Botanisieren brachte sie mir, neben vielem anderen, täglich das Handwerk bei, es sich auch in der Hölle bequem einzurichten, sich auch auf verlorenem Posten, auf dem wir alle irgendwann einmal Stellung beziehen, nicht verloren zu fühlen.

Einmal im Klaren darüber, dass ich wohl in der Welt nichts mehr ausrichten würde, führte sie mich immer tiefer in ihre Lieblingsbücher ein, in die Bücher und Theaterstücke von Gogol und Molière, in die Werke von Turgenjew, Tolstoi und Dostojewski, in die Gedichte von Baudelaire und in die *Caractères* von La Bruyère, um mir inmitten einer Gesellschaft von Gnomen, Göttern, verfressenen Gorgonen, Horen, Seelenverkäufern, Versagern, Nymphen, Odensängern, Nasenverlierern, Snobs, forellenjagenden Harpyien und Hexen ein Seelenrevier zu schaffen, in dem ich für den Rest meines Lebens Zuflucht suchen konnte, falls sich im Lauf meines Lebens dann wirklich und endgültig herausstellen sollte, dass ich zu nichts zu gebrauchen war, auch wenn sie mir immer wieder einschärfte: »Falls du aber doch einmal heiraten solltest, dann heirate nie einen armen Mann. Das Geld in einer Ehe ist der Kitt zwischen zwei unbegabten Menschen«, wobei sie dann hinzufügte: »Etwas anderes ist es, wenn der Mann hochbegabt ist. In *dem* Fall hat eine Frau keine Sekunde an das Geld zu denken, sondern es selbst zu beschaffen.« Das mochte alles stimmen, doch wie oft dachte ich in der Einsamkeit, dass es definitiv unterhaltender sein musste, schlechte Bücher zu lesen und sich darüber mit unbelesenen Männern zu unterhalten, als irgendwo gottverlassen gute Bücher zu lesen und andere Frauen um ihre Unterhaltung über schlechte Bücher zu beneiden. Eines jedoch stand fest: Mit jedem neuen Buch, das meine Tante mir unterschob, erlosch am Horizont der realen Ehemöglichkeiten ein Mann mehr für mich. Ich wurde durch sie in eine so geistreiche Gesellschaft von Männern eingeführt, angefangen vom Herzog von Saint-Simon bis zu Tristram Shandy, dass die Aussicht auf eine wirklich unterhaltsame Partie für mich immer dunkler wurde. In meiner Angst begann auch ich, die Heiratsannoncen in den Zeitungen zu studieren und Antwortbriefe zu schreiben. Welcher Mann aber hätte mich am Abend noch unterhalten können, wenn ich den Nachmittag mit Herodot oder Sologub zugebracht hatte? Die meisten Männer gaben in ihren Briefen auf die eine oder andere Weise zu verstehen, dass sie das Leben dem Lesen vorzogen. In Flauberts Briefen an Louise Colet ging es anders zu: »Als Bürger leben und als Halbgott denken. Die Befriedigungen des Körpers und die des Kopfes haben nichts miteinander gemein.« Oder an Mademoiselle Leroyer de Chantepie: »Nein, lesen Sie, *um zu leben.*« Die Annoncenschreiber schienen alle leben zu wollen, um zu lesen. »Wir machen Notizen, wir machen Reisen; Elend, Elend! Wir werden Gelehrte, Archäologen, Historiker, Mediziner, Schuhflicker und Leute von Geschmack. Was ändert das alles daran? Aber das Herz, der Schwung, der Saft? Von wo aufbrechen und wohin gehen? Ja, wenn ich zurück bin, werde ich, und zwar für lange, wie ich hoffe, mein altes ruhiges Leben an meinem runden Schreibtisch wieder aufnehmen, zwischen der Aussicht auf meinen Kamin und auf meinen Garten. Ich werde fortfahren, zu leben wie ein Bär. Und mich weder um das Vaterland, die Kritik oder sonst jemanden kümmern«, schrieb Flaubert an Louis Bouilhet. Es war also alles Humbug mit dem Reisen und In-der-Welt-Herumkommen.

Beim Lesen der Heiratsanwärterbriefe wurde mir klar, dass das Lebendigste, in unser Wesen Eingreifendste, uns mehr als alles andere Formende, dass ebendas Buch allein die Macht besitzt, uns aus unserer eigenen Trivialität fortzutragen, unseren Kopf mit den wundervollsten, je erdachten Erscheinungen zu füllen, uns durch Fabelwesen, Alchimisten, Mäusesängerinnen oder Hungerkünstler zu beleben. Das Buch kann uns aus unserer Einsamkeit und unserem Schmerz in einen Eispalast oder an den Hof Katharinas der Großen führen, es kann uns mitten in einem Selbstmordgedanken den plötzlichen Hunger auf ein Gurkensandwich eingeben, es rät uns, ohne Schuld zu leben, erzählt aber auch, dass nur das Böse Vergnügen macht. Jedenfalls nahm das Buch keineswegs den von mir erwarteten Platz im Leben dieser »kultivierten«, »reisenden« und »weltoffenen« Männer ein.

* * *

An manchen Tagen griff mich auf *Le Pertuis* die Wintereinsamkeit so übel an, dass ich einen ukrainischen Masseur kommen ließ, der sich in M. als Maurer verdingte, acht Euro in der Stunde erhielt und kilometerweit gefahren wäre, um sich noch ein wenig Geld nebenbei zu verdienen. Dieser schneeweiße Mann von hundertvierzig Kilo Gewicht und fast zwei Meter Größe trat an den eisigen Abenden in die warme Küche, wo ich auf ihn wartete. Er war der hässlichste Mann, dem ich je begegnet bin, ein schwitzender Koloss mit einem breiten Gesicht aus geschlagener Sahne und einem Hals aus Geleemasse. Als zwei Rosinen steckten seine kleinen, schlangengrünen Augen in dem fetten Oval, er hatte eine winzige, schwitzende Nase und einen fast zahnlosen, blasslippigen Mund. Er erschien stets im Jogginganzug. Sobald er eingetreten war, zog ich mich aus, legte mich auf den Küchentisch, und Maxim begann, mit seinen sonderbar kleinen Händen zu massieren. Er knetete mein Fleisch, schlug auf meine Wirbelsäule, bog und zog an meinen Beinen, dass ich laut aufschrie. »Tü, tü, tü, tü, tü«, flüsterte er dann zur Beruhigung. »Tü, tü, tü, tü, tü, das tut gut, das tut gut«, wiederholte er, wenn er meinen Nacken nach rechts, nach links bog und gierig auf das leise Knackgeräusch zwischen meinen Wirbeln lauschte. »Die Nerven«, sagte er in seinem schlechten Französisch, »die Nerven. Die Wirbelsäule ist schön, schön gerade und gesund, aber die Nerven sind entzündet, tü, tü, tü, tü, tü«, und wieder machte es Knack in einem der gebogenen Gelenke. Er nahm so lächerlich wenig für diesen harten Dienst, dass ich es für meine Pflicht ansah, mich während der Massage mit ihm zu unterhalten. »Dein Sohn ist zu dick, Maxim«, sagte ich. »Das liegt in unserer Familie, aber ich habe nur hundertelf Kilo gewogen, als ich geheiratet habe, und nur hundertsiebzehn, als ich nach Frankreich kam!«, sagte er. Nikolai, der siebenjährige Sohn, den er hin und wieder mitnahm, war die Miniatur seines Vaters. Gab ich ihm einen Teller mit Kuchen, war er zufrieden; er setzte sich auf einen Stuhl, kaute still vor sich hin, hob Krümel vom Boden, rollte sie zu kleinen Bällen und schoss sie mit seinem fetten rechten Fuß, der in einem übergroßen Turnschuh steckte, in ein unsichtbares Tor. Ich nahm das mit Widerwillen wahr, sagte jedoch kein Wort, solange das Knacken zwischen meinen Wirbeln erklang und mir ein echtes oder eingebildetes Gefühl der Erleichterung vermittelte. »Was esst ihr denn nur immer?«, fragte ich. »Meine Mama war Köchin in einem Restaurant in Moskau. Von der habe ich das Kochen gelernt. Ich ruhe mich aus, wenn ich koche, wenn ich Cremekuchen, Schokoladenkuchen, Sahnekuchen und Erdbeerkuchen backe, aber am liebsten esse ich Kartoffeln, gekocht, frittiert, gebraten, mit Fleisch und Salat, und noch lieber Rote-Beete-Salat mit Mayonnaise.« Erzählte er vom Essen, ließ der Druck in seinen kleinen, starken Fingern nach. »Ich koche die Rote Beete, streue Salz, Pfeffer, Zwiebeln und Walnüsse darüber, mische das Ganze mit Eiern und mache ein Omelett daraus. So etwas hast du noch nie gegessen. Das macht dick, schmeckt aber zum Schreien gut. Die Franzosen verstehen doch vom Kochen nichts!« Ohne Scham presste er mich am Ende der Massage an seinen mächtigen Bauch, kreuzte meine Arme über meine Brust und zog mich, an sich gedrückt, in die Höhe. Ich behielt einen ernsten Ausdruck bei, wenn der Mann mich so in die Höhe stemmte. »Komm, komm, komm«, lockte Maxim auch meine Tante, die in die Küche kam, um nach dem Rechten zu sehen, und ja, sie faltete ihr Kleid über den Stuhl, zog die Schuhe aus und legte sich in Unterwäsche auf den langen Esstisch. Ihre Beine bedeckte der Ukrainer mit einer blumengemusterten Decke. Obgleich meine Tante mit ihrem schlanken, kräftigen Körper nicht mitleiderregend aussah, fuhr es bei ihrem Anblick doch immer durch mich hindurch. Mich bedrückten die Kälte und die lächerlichen Situationen, denen man sich in unserer Einsamkeit auslieferte dann noch mehr, es bedrückte mich, dass meine Tante halb nackt auf ihrem Küchentisch lag, doch sie lachte: »Hier liege ich als Jäger Gracchus« und schlief meist unter den massierenden Händen des Ukrainers ein.

Es war an einem der trostlosen Tage, an dem ich Maxim anrufen wollte, einem jener Tage, an dem »ein spleeniger Engländer sich ohne Gnade erhängen würde«, als wieder ein Umschlag aus Indien im Briefkasten lag. Es war ein cremefarbener, weicher Umschlag größeren Formats. Allein der Anblick der vier kleinen Briefmarken, auf denen jeweils ein Tiger, eine Leopardenkatze, eine indische Otter und zwei Goldregenblüten abgebildet waren, im Verein mit dem indischen Poststempel, der mit dem trägen, bürokratisch versierten Schwung eines Gogolbeamten auf die Briefmarken gedrückt worden war, spülte in meine trostlose Verfassung Bilder aus der orientalischen Welt. Ein Hauch aus dem indischen Postamt, ein im Stempelschwung geäußertes Wort des Postbeamten, der hinter seinem Pult saß, um das die Luft des Weltverkehrs webte, die Luft von Paketen, von faserigen Paketstricken, von Klebstoff, von Handrollstempeln, von dringlichen Briefen, flog mir entgegen. Ich hörte den Raben krächzen, der hinter der Gitterstange des Postamtfensters saß und dessen Schrei in dem hohen Büroraum widerhallte. Es stieg Leben aus dem ungeöffneten Umschlag, etwas, was meine Laune um einige Grade hob und mir versicherte, dass es immerhin noch das Indien der Bills gab, die in diesen unsicheren Zeiten eine gewisse Sicherheit boten.

Ich kann gar nicht beschreiben, wie ich mich über das goldene Wappen freute, das, statt des Absenders, auf der Rückseite des Umschlags eingeprägt war. Was mochten die Bills uns schicken, die nur zu hohen Anlässen, wie Tod oder Geburt, Briefe versandten, ansonsten aber per E-Mail korrespondierten? Ich öffnete den Umschlag und erhielt angesichts der Einladung zur Hochzeit von Manjithia Singh Bill einen solchen Schlag, dass mir schwindelig wurde und ich mich verlassener denn je fühlte.

Ich setzte mich auf einen Mauervorsprung und vertiefte

mich in die geschwungene Schrift der Einladungsworte, die in einer Welt fester Ordnung verfasst worden waren und deren typographische Gestaltung das große Ereignis widerspiegelte. Die Orts- und Zeitangabe in englischer Schrägschrift las sich mit der respekteinflößenden Spannung im Vorfeld gewisser Feste, jener Spannung der zeremoniellen Einmaligkeit, die wunderbare Möglichkeiten für eine Wendung im eigenen Leben einschloss. Eine noch unverheiratete Inderin, dachte ich, die eine solche Hochzeitseinladung erhält, erblickt hinter den geschriebenen Chiffren all jene potentiellen Ehemänner, die ihrerseits beim Lesen der Einladungskarte die auf sie wartenden Frauen im Auge haben. Oder waren die geladenen Gäste vielleicht viel routinierter oder zynischer in ihren Erwartungen? Wie dem auch sei, in meiner Einsamkeit versetzte mich die Vorstellung, an diesem Fest teilnehmen zu können, in die erregteste Stimmung. In den Schmerz über den endgültigen Verlust Manjithias mischte sich schon die Sehnsucht nach den männlichen Hochzeitsgästen.

Es handelte sich zudem nicht nur um *eine* Einladungskarte, sondern sage und schreibe um fünf, denn nicht nur Raj Narajan Singh und Mr Singh Bill, sondern die Eltern der Braut, Manjithias Bruder Govind und sein Onkel Shivinder luden im Laufe einer Woche zu den in ihren Häusern stattfindenden Festivitäten ein. Auf der Rückseite der Karten waren die jeweiligen Häuser und die zu ihnen führenden Straßen aufgezeichnet. Trompetenklang schallte mir schon zwischen den Einladungsworten entgegen, und durch diese Worte, durch die in mir aufsteigenden Festbilder hindurch webte sich vor meinen Augen langsam und immer körperlicher die Gestalt von Manjithias Braut zusammen. All die Diven der Bollywoodfilme verschmolzen in meiner Rivalin zu einem Idol. Wenn es *eine* Frau in dieser Welt gab, die ich in diesem Augenblick mit Hass um ihr Schicksal beneidete, so war es Sonalika Mehr Singh.

Während ich in meiner ausgeleierten Jogginghose auf dem kalten Mauervorsprung saß, die Spitzhacke neben mir und die Füße in kalten Gummistiefeln, befand sich diese junge Frau im Taumel allergrößter Lebensfreude im Kreis ihrer das Fest vorbereitenden Großmütter, Tanten, Cousinen, Freundinnen und Dienerinnen. Seit Wochen musste ihr Haus widerhallen von den Stimmen der Handwerker, Blumenlieferanten, Schneiderinnen, Köche, Boten, Zeltbauer, Kosmetikerinnen, Priester, Sarihändler, Juweliere, Discjockeys, von Verwandten und Trommlern. In der Gewissheit, eine der besten Partien Indiens gemacht zu haben, musste sie sich in schlaflosen Nächten vor Angst und Freude auf ihre erste Hochzeitsnacht verzehren. Ihre Gedanken waren auf die banalsten und zauberhaftesten Dinge gerichtet, auf die Gäste, auf den Brautsari, auf Schuhe, Ohrringe, Make-up und auf die Vorstellungen von dem Reichtum, der sie im Hause des Schwiegervaters erwartete. So wie ich die Bills kannte, hatten sie für Manjithia als Braut eine Beauté ausgewählt, eine gesunde und wohlerzogene Schönheit. Es war also kein Wunder gewesen, dass er mich damals hatte abfahren lassen, da er doch wusste, dass die Schönste aller Schönen einer angesehenen Familie schon auf ihn vorbereitet wurde. Jetzt schämte ich mich noch mehr dafür, überhaupt gewagt zu haben, mir einzubilden, Manjithia könne auf mich hereinfallen, auf etwas so Weißhäutiges, auf etwas so abstoßend Europäisches und Verdorbenes, auf eine so verkrachte Existenz, wo ihn doch nur die jungfräuliche Schönheit anziehen konnte, der er schließlich die Schlüssel zu ihrem neuen Haushalt übergeben würde. Wie richtig hatte er gefühlt, wie recht hatte er gehabt, sich an die Bräuche und Traditionen einer religiösen Gemeinde und einer großen, alten Familie zu halten. Deswegen hatte er mir ja gefallen, weil er anders als sein schläfrig-zynischer Bruder, anders als dessen verworfene Freunde war, die dem westlichen Vorbild und so der Garantie für eheliche Niederlagen folgten. Manjithia hatte zu warten verstanden, hatte auf seine Mutter gehört, die sich schon lange vor ihrem Tod mit der Heirat ihres älteren Sohnes beschäftigt haben musste. Dies war es gewesen, was ihn für mich von den anderen unterschied, was ihn intelligenter und hochrangiger für mich gemacht hatte: dass er um die Macht der Tradition wusste. An der Seite eines solchen Mannes gab es kein Wanken und kein Schwanken, da lebte es sich ruhig und geordnet. An ihrem Lebensende angelangt, würde die Braut sagen können: »Den Urlaub habe ich sehr gut verbracht und brauche mir nach meinem Tod keine Vorwürfe zu machen.«

Ich sah das Paar nach der Hochzeit vor mir, sah, wie es in einen weißen Ambassador stieg und sich vom Chauffeur in den Norden Indiens fahren ließ, nach Deradoon, zu den Eltern Sonalikas, denen es auf der Hochzeitsreise seinen ersten Besuch abstatten würde. Sie mit einem schweren, blumengeschmückten Haarknoten im Nacken, hochgewachsen und stark, in einen einfachen Baumwollsari gewickelt und mit ledernen Sandalen an den Füßen, er in einem etwas lächerlichen, aber eleganten Sportdress mit kurzärmeligem Polohemd und erdfarbenen Shorts. Lachend saßen sie auf dem Hintersitz des Wagens, die Hände ineinander verschlungen, dem Blick des Chauffeurs ausgeliefert, der seine Augen kaum vom Rückspiegel abwenden konnte, wo sich das Gefunkel des

Diamanten in Sonalikas Nasenloch fing und ihn blendete. Um die Stoßstange hatte der Fahrer im Gebet an eine schützende Gottheit eine Mary-Gold-Girlande, um den Rückspiegel einen Paprikakranz gebunden. Eine kleine Plastikvase war mit Hilfe eines Magneten am Armaturenbrett festgemacht, worin Räucherstäbchen glimmten, deren Duft nach Sandelholz das Ehepaar auf dem Hintersitz umwehte. Aus den Lautsprechern drang jene süße, indische Filmmusik, die Dörfer, Städte, Slums belebt und unzählige Menschen aus ihrer Apathie zu reißen und in Liebesträume zu versetzen vermag. Nun war der Chauffeur selbst durch Manjithias Eheschließung zum Protagonisten eines Bollywoodschinkens geworden, und sein durch und durch aufreibendes Vergnügen hatte sich in ein listig verzücktes Lächeln gelegt, das die in die Liebesabenteuer eingeweihten Diener in den indischen Filmen annehmen. Im Kofferraum waren eine Kühltasche mit Getränken und ein Korb mit den besten Gurkensandwiches vorbereitet.

Und ich saß hier auf meinem Mauervorsprung und blickte ins Leere, und Bilder über Bilder tauchten auf. Ich spürte, wie sich mein Rücken gegen den roten Plastiksitz des Ambassadors lehnte, der mit schwankender Geschwindigkeit über eine Landstraße fuhr, und sah das kleine, dünne Mädchen in seinem hochroten, mit weißen Blümchen übersäten Punjabianzug, das barfuß auf der kochend heißen Straße hinter einer Pferdekutsche herlief, diese einholte und sich mit der Bravour einer Luftakrobatin auf die Kutschenlade schwang. Sie wollte ein Stück ihres weiten Weges fahren, und das war ihr gelungen! Der alte, bärtige Lenker fluchte zuerst und drohte ihr mit seiner Peitsche, doch dann lachte er, nahm die kleine Armbandverkäuferin auf seiner Lade auf, bis sie grußlos wieder absprang und weiter ihren Geschäften nachging. Da war der kleine Tänzer mit seinem schmutzigen ockerfarbenen Turban, der sich auf einem Dorfplatz wie ein Derwisch gedreht hatte, bis er umgefallen und in den aufgewirbelten Staub gestürzt war, der ihn verbarg. Pferde trabten vorüber, Büffel blickten mich mit ihrem Büffelblick aus grünen Tümpeln an, Kamele zogen dahin, Schweine schnüffelten in Herden vorwärts, Hunde lagen am Straßenrand, Hirten trieben Ziegen vor sich her, magere Kühe gingen ihres Weges, Affen sprangen durch ihre Baumreviere, Papageien flatterten auf. In Baumschulen saßen lesend Schüler, Lehrer erhoben den Stock, Frauen trugen Eimer, Ziegelsteine und Weizenbündel auf ihren Köpfen, Priester beteten an Straßenaltären, Sadhus bahnten sich ihren Weg durch die Dörfer. Mäuse flitzten um die Pfannen und Töpfe der offenen Straßenküchen, Ratten tummelten sich auf Müllhalden, Krähen kreisten hoch in der Luft und ließen sich dann auf Strommasten, Ochsenrücken, Wäscheleinen, Tempeldächern, Reissäcken nieder, und Blechkoffertürme säumten die Straßen. Hinter überwucherten Gärten, wo hohe Palmen, Mangobäume, Neembäume dichten Schatten warfen, wo in feuchter Dunkelheit verfallene Pavillons standen, deren in die Erde sinkende Steinplatten für die Dorfbevölkerung zu Abortgruben geworden waren, aus denen der Dampf tierischen und menschlichen Düngers stieg, faulig stinkende Oasen für Mücken und Fliegen – hinter diesen Gärten ragten Festungen mit Erkern und Türmen auf. Auf den Märkten schoben Händler hölzerne Handkarren vor sich her, mit Obstaltaren, Pyramiden aus Papayas, Wassermelonen, Zitronen, Orangen und Bananen, gekrönt von Räucherstäbchengeruch, der die Fliegen verscheuchte und das Obst weihte.

Wie Knüppel lehnten große, pralle Kürbisse an kanonenrunden Wassermelonen, aus denen, durch einen Messerhieb des Obsthändlers, Segmente des Fruchtfleisches und die schwarzschimmernden Melonenkerne wie Eisensplitter hervorsprühten. Der Anblick von Rote-Beete-Haufen, von kleinen Erdbeerhügeln stimulierte das Herz, Grünkohl, Spinat, grüne Zwiebeln und Brokkoli beruhigten es. Mit den Farben lehnte sich die Bevölkerung gegen den Staub auf, gegen den Schmutz, gegen die durch die Straßen rinnenden braunen Gewässer, gegen Aas- und Exkrementengeruch, gegen das Grau der Plastikfolien, die die Behausungen bedeckten, und das Grau des Schlammes, in dem sie alle wateten. Deswegen woben sie Goldfäden in ihre Baumwollschals, daher glitzerte auch am Ohr einer sterbenden Bettlerin ein goldener Ohrring, deswegen klirrten bunte Glasarmreifen um die Handgelenke aller Frauen, weil Farben und Musik, Räucherstäbchen und Rosengirlanden Schutzgeister gegen Tod und Krankheit sind. Ich sah, wie kleine Jungen auf den Dorfstraßen Wasserbüffel an den Straßenrand stemmten, um dem Wagen Platz zu machen, sah, wie junge Frauen beim Anblick des weißen Wagens aus Scham die Schleier über ihre Gesichter zogen, wie Hirten mit Bambusstöcken auf Ziegen und Kühe einhieben, wie Marktfrauen die Säume der Jutesäcke über ihre Waren schlugen, damit der durch die Wagenräder aufspritzende Schlamm nicht ihre Tomaten oder Äpfel beschmutzte. Der Ambassador spaltete das Leben auf den Dorfstraßen, riss zwei alte Männer auseinander, die sich im Schatten eines schwarzen Regenschirmes unterhalten hatten, spaltete eine Schafsherde und auch eine Schulklasse, die vom rechten und vom linken Straßenrand dem Wagen mit dem Brautpaar nachblickte. In den aus zwei Holzbänken bestehenden Straßencafés standen die Männer von ihren Sitzen auf, einen Kochlöffel oder eine Samosa in der Hand, und beugten ihren Kopf zum Gruß, grüßten Manjithia und Sonalika, grüßten Manjithia und mich, als mir jäh ein eisiger Windzug ins Gesicht blies, der Wind, in dem ich allein auf meiner Mauer saß.

Es war verdammt einsam ohne Pilger, ohne Bettler, ohne Asketen, ohne Tempelsänger, ohne Kinderscharen, ohne heilige Bäume, ohne Götterbilder, ohne Kühe, ohne Kulte, ohne aus Tempeln schallende Musik, ohne Straßenfeuer, ohne wandernde Heilärzte, ohne Zauberer, ohne Affendompteure, ohne dieses bis auf die grausamste, künstlerischste, spirituellste, abstoßendste Spitze getriebene Leben. Dort drang einem der Anblick dieses Lebens bis ins Mark, dort drängten sich Bilder von Krankheit, Bilder vom Tod, Bilder von Göttern hervor, Bilder, die einen verfolgten und einem die Angst in die Knochen trieben – doch allein war man dort nicht! »I can't live without the crowd«, hatte meiner Tante einmal ein indischer Dichter anvertraut, der für ein Schriftstellertreffen nach Frankfurt gekommen war und bereits am Flugplatz einen solchen Schock erlitt, dass er den nächsten Flug zurück nach Kalkutta nahm.

Ich ergriff den Spaten und begann, ein Loch für einen im April zu pflanzenden Apfelbaum auszuheben. Mit jedem Stich stieß ich mich tiefer in meine Vorstellungen von dem neuen Leben des Brautpaares. Es spielte für mich dieselbe Rolle wie das Flugticket für den Touristen, bot nämlich die Möglichkeit einer Flucht aus der bedrückend ausgestorbenen Provinz, in der zu leben ich mich entschlossen hatte, aus meiner provinziellen Seele, die es nötig hatte, vom Orient zu schwärmen, weil ihr die eigenen vier Zimmerwände nicht genügend Stoff zum Träumen lieferten.

Auch die Tante versetzte die Einladung zu Manjithias Hochzeit in Erregung. An jenem Nachmittag beschwor sie mich, meinen Koffer zu packen und einen Flug nach Indien zu buchen. »Das ist eine einmalige und unbezahlbare Gelegenheit! Flieg nach Indien! Lass mich hier allein und flieg nach Indien! Zu so einer Hochzeit wirst du nie wieder in deinem Leben eingeladen werden. Du kommst garantiert mit einem Ehemann zurück! Hier findest du keinen. Seit Leslies Tod haben sich alle Türen für mich geschlossen. Ich kann dich weder irgendwo einführen noch irgendwohin ausführen. Ich bin alt und verlasse meinen Garten nicht mehr, aber du musst raus. Oder willst du hier versteinern? Flieg nach Indien! Und du wirst mir noch dankbar dafür sein, dass ich dich dazu gezwungen habe. Wenn die Bills etwas in ihrem Leben verstehen, dann ist es das Festefeiern! Die Tische werden sich biegen, die Verwandten werden sich gegenseitig übertrumpfen an Luxus!« So redete meine Tante auf mich ein, *Die toten Seelen* in ihrem Schoß, woraus wir uns vorlasen.

»Lies weiter, lies weiter«, sagte ich, überspannt, wie ich war, »lies weiter.«

»›Warum sollte ich Trübsal blasen?‹«, las sie. »›Wie? Warum? – Weil es traurig und langweilig auf der Welt ist. Sie essen nicht genug, das ist alles. Suchen Sie sich einmal ordentlich satt zu essen. Das ist auch so eine moderne Erfindung, dieser Trübsinn und diese Melancholie. Früher war man nie melancholisch.‹«

»Ich liebe Gogol!«, rief ich aus.

»Ich liebe Gogol!«, rief auch meine Tante.

»Gogol, wir lieben dich!«, riefen wir beide.

»Ja, weshalb Trübsal blasen?«, fragte meine Tante. »Gogol hat recht! Erst einmal wollen wir uns satt essen!«

Ausgerechnet in diesem Moment, da wir auf keinen Gast warteten und die Möglichkeit eines Besuchs gar nicht in Erwägung zogen, rief ein alter Freund meiner Tante an, den sie in ihrer Jugendzeit in Deutschland auf einer Schlittenpartie im Schwarzwald kennengelernt hatte. Er kündigte sich für den nächsten Abend an.

»Du musst ein Huhn schlachten! So ein Huhn wie bei uns bekommt man doch nirgendwo mehr. Was einem heute als Landhühner angeboten wird! Das sind doch keine Hühner mehr, sondern Gummikeulen. Bresse-Hühner! Dass ich nicht lache! Ich werde ein Huhn à la Madame Renoir machen, wovon unser Gast noch lange träumen wird!«, rief die Tante.

»Ich soll ein Huhn schlachten? In meinem Zustand?«

»Ja, du. Eine Frau muss auch das können. Und mit einer perfekt geschliffenen Axt! Ich gehe inzwischen in den Gemüsegarten und hole Karotten.«

Vielleicht tut mir das Töten jetzt gut, dachte ich und holte die Axt aus der Scheune, ging in den Hühnerstall, ergriff eines der gackernden Hühner und legte es auf den Holzbock. Mit einem kurzen, sauberen Hieb flog der Kopf ins Stroh. In der Küche kochten vier Liter Wasser, die ich in einem Eimer in den Stall trug, um sie in eine Blechwanne zu gießen. In diese tauchte ich den starren Körper des Tieres und rupfte es dann mit einer mich selbst erstaunenden Geschwindigkeit, bis es nackt in meinen Händen lag und mit einem Strick um die Krallen am Küchenfenster aufgehängt wurde, so lange, bis ihm alles Blut aus dem Hals geflossen war.

Am nächsten Morgen wusch ich die Kartoffeln und putzte die Kupfertöpfe, die wie Hutmodelle in allen Größen über dem Herd hingen. Lady Leslie fuhr in den Ort, um für den Abend einzukaufen.

Die Tante nahm das Huhn aus, flämmte es ab, stutzte die Füße zurecht und durchtrennte die Sehnen im Gelenk, damit sie sich unter der Hitzeeinwirkung nicht spannten. Sie zerteilte das Tier in Stücke und schnitt die Flügel ab. Sie säuberte Herz und Magen, entfernte alle grün verfärbten Teile aus der Leber, erhitzte Öl in einem schweren Schmortopf, gab das Huhn mit Flügeln, Magen und Herz hinein und ließ es anbraten. Ich hackte Zwiebeln und Knoblauch klein, schälte die Tomaten, entkernte sie und legte Petersilie, Champignons, Thymian und Oliven bereit. Zu dem Huhn sollte es selbstgebackenes Brot geben.

Lady Leslie hatte nur zwei Wünsche – den Gast zu betören und mich für einen Abend Kälte, Feuchtigkeit und Einsamkeit vergessen zu lassen.

Mit dem Thermostat setzte sie die Zentralheizung in Gang, und beim Geräusch der auflodernden Flamme im Brenner erfasste uns ein Glücksgefühl. Die in allen Räumen aufsteigende Wärme sollte den Gast als Inbegriff unseres schönen Winters umschmeicheln, und mir sollte ein Licht aufgehen, heiß und hell wie die schon lodernden Flammen im Kamin: Ich hatte, auch wenn es mir noch nicht ganz bewusst war, die richtige Wahl getroffen, und es war klug von mir gewesen, mich schon in jungen Jahren dem Landleben zu verschreiben und meine Kräfte in das Pflanzen von Kartoffeln und Karotten zu legen, nicht in Akten oder gar Aktien in Glasbüros.

Die Tante schickte mich in den Garten, damit ich für den

Abendtisch einen Zitronenzweig als Symbol der Witwenschaft pflückte. Der Winter hatte sich in der Nacht davor gebrochen. Es war noch kalt, doch lag ein feuchter Dunst auf den Wiesen, die Veilchen waren schon aufgeblüht und die Luft erfüllt von Vogelstimmen. Die frischen, aus der Erde geschossenen Akanthuspflanzen, der junge Efeu und die aufsprießenden Hyazinthen bildeten Urwälder für Ameisen und Schnecken. Auf den morschen Stämmen der Eichenbäume war neues Moos gewachsen, die Ziege war trächtig, und die Katzen hatten glänzenderes Fell.

Die feuchte Luft belebte meine Tante. Sie kochte und briet die Vorspeisen, holte die Weine aus dem Keller, spülte die böhmischen Kristallgläser und putzte das Silberbesteck.

In der Mitte des Esstisches stand schon eine Schale voll Birnen, und rings umher, auf der chardinweißen Damasttischdecke, türmten sich in Delfter Schüsseln Mandarinen und Äpfel. Meine Tante betrachtete jede Frucht, jeden Teller und jedes Glas genau und hielt sie gegen das Licht, um ihren fleckenfreien Glanz zu prüfen. Sie hob die schweren Deckel von den Eisentöpfen, roch hinein, stocherte mit der Gabel im Huhn und im Gemüse und rieb Käse, Mandeln und Äpfel. »Madame Renoir!«, rief sie.

Alles schien plötzlich eine neue Bedeutung zu bekommen. Aus dem heruntergekommenen Anwesen war ein osmanisches Reich geworden, weich und warm wie ein ägyptischer Filzhut. Wie das Mädchen in *Tausendundeine Nacht* die Fische in ihrer Pfanne fragt: »Ihr Fische, ihr Fische, haltet ihr das Versprechen?«, so fragte die Tante ihr Huhn: »Du Huhn, hältst du das Versprechen?«, doch kein »Jawohl!« erklang aus dem Topf, nur leise Zischlaute des brutzelnden Öls.

Für den Abend zog sie ein langes schwarzes Kleid mit einem Kragen aus verschlissenen Schwanenfedern an, von denen sich schon während der Vorspeise eine Menge lösen, durch die Luft taumeln und sich auf den kalten Steinplatten niederlassen sollten.

Als im Garten alle Schatten und Halbschatten verschwunden waren und vor dem Tor ein Hupen ertönte, rief sie mir zu: »Ganz herzlich sein! Fall ihm gleich um den Hals! Dann ist die Stimmung sofort gelockert.«

»Was soll ich denn sonst tun? Ihm einen Tritt in die Weichteile versetzen?«

Die Tante lief mir in ihrem Schwanenkleid voraus, dem Tor entgegen, durch das ein waldgrüner Jaguar mit dem arroganten Ausdruck seiner mechanischen Vollkommenheit in den nebeligen Innenhof fuhr. Besitzer dieses Wagens war ein Herr von sechzig Jahren, eine Mischung aus Philipp von Orléans und einer Spitzmaus. Er trug kichererbsenfarbene Kordhosen, eine grüne Trachtenjacke und einen maikäferfarbenen Seidenschal. Er atmete die feuchte Luft durch seine spitze Nase ein und strahlte vor Gesundheit.

Schach war groß, hatte einen leichten Bauch und feines, schwarzgefärbtes Haar, das wie der Flaum eines Kükens um seinen Schädel spross. An den Bewegungen, mit denen er den Kofferraum öffnete, ließ sich jenes unerklärliche, niedrige Wohlgefühl ablesen, das jeder Besitzer eines mehr oder weniger raffinierten Wagens verströmt, wenn er sich ihm nähert. Hinter seinem lockeren Umgang mit der Heckklappe blitzte eine nicht zu verbergende Pedanterie, eine devote Verehrung dieses Wagens auf, der nun als Ikone im Hof stand, als Wahrzeichen einer Gesinnung, die die Verachtung meiner

Tante erregte. Denn in einem Punkt war sie mit John Maynard Keynes völlig einer Meinung, dass »das ganze modernistische Zeug langsam schiefgeht und albern wird« und dass »wir auf lange Sicht alle tot sind«. In einem Jaguar, noch dazu in einem waldgrünen, in einem Tannen und Fichten verhöhnenden Grün auf der Autobahn dahinzufahren war für sie die Synthese der beiden Keynes'schen Sprüche. Für sie waren Automobile nichts anderes als raffiniert erbaute Selbstmordkäfige, in denen es sich elegant gegen einen Baumstamm rasen ließ. Zuweilen pflegte sie in ihrer scharfen Art zu äußern, je raffinierter die Innen- und Außenausstattung eines Wagens sei, desto bedenklicher der Geisteszustand seines Besitzers. Denn welcher vernünftige Mensch gab sein wunderbares Geld für den eigenen Leichenwagen aus? Daher war ihr Auto so verbeult und verrostet. Dass die Türen nicht mehr fest schlossen, die Bremse locker, der Motor uralt war, die Sitze als Hühnerstangen oder Steinlager dienten, das reizte nur ihren Mechaniker, der alle zwei Jahre Talent beweisen musste, um den Wagen wieder durch die Contrôle Technique zu bringen. Da neben dem Golfspiel das Autowaschen für die Tante zu den sinnlosesten Tätigkeiten des Menschen zählte, kann man sich leicht vorstellen, wie ihr Wagen aussah, den sie wie eine Kutsche lenkte und wie einen Gaul anspornte.

Schach war geborener Junggeselle. In seinem Wesen verband er geschmeidig die Hausfrau mit dem Rennwagenfahrer, das Kleinkind mit dem pedantischen Gelehrten. In ihm fielen das bis zur Krankhaftigkeit sauber gehaltene Wohnzimmer einer einsamen alten Jungfer mit der Bibliothek eines belesenen Intellektuellen zusammen. Seine merkwürdige Natur trieb ihn zu ständiger Unruhe an. Wer einen Alpinisten (auch Gletscherfloh genannt), eine besserwisserische Hausfrau und einen burmesischen Transvestiten in sich trägt, wer in seinem Naturell ein Plüschkissen mit Servolenkung, eine gesellige Tante und eine einsame Tunte vereint, dem sitzt, um offen zu sein, der Teufel im Leib.

Seine Unruhe hatte Schach im Lauf der Jahre zu einem ausgeklügelten, spitzfindigen Reisenden gemacht. Er war an keinem Ort der Erde länger als einige Tage festzuhalten. Der Reiseteufel jagte ihn um die Erde. Mit äußerster Akribie, mit einem Koffer voller Medikamente reiste er ganz allein durch die Kontinente, wobei er von Reise zu Reise an Spitzfindigkeit, ja an Gelenkigkeit im Umgang mit der Welt gewann. »Außerdem«, sagte er, »muss man jetzt reisen, *jetzt,* denn bald ist es zu spät. Ich gebe mir noch genau zehn Jahre für das Reisen, dann ist Schluss! Dann wird nämlich die Welt so zerstört sein, werden auf dem Himalaya und in der Wüste Gobi so viele Russen, Chinesen und Japaner unterwegs sein, dass es schlicht und einfach unmöglich sein wird, sich überhaupt noch zu bewegen!« Er hatte also noch zehn Reisejahre vor sich, eine Vorstellung, die einen in Angst versetzte, da ihm das Reisen die Ehe oder die Ausübung eines Berufes ersetzten. »Wer im aufreizenden Wind der ständigen Mobilität schlingert«, sagte meine Tante, »wer sich ständig in die Welt aufmacht und auf die Suche nach neuen Erlebnissen begibt, der gräbt sich, wie ein Maulwurf in die Dunkelheit, immer tiefer in die Unruhe ein. Mit dem Reisen verhält es sich wie mit der Einnahme von Rauschgift: nach anfänglichem Rausch höhlt es mit der Zeit aus. Wenn es noch irgendetwas in der Welt gibt, worauf sich der Mensch heute verlassen kann, so ist und bleibt es ein Garten. In einem Garten lebt es sich immer noch am besten, denn da kann einem niemand den Wunsch rauben, richtig zu denken und zu handeln.«

Und doch beschäftigte mich Schachs hohe Reisekunst. Was diese Meisterschaft krönte, war vor allem sein Appetit. Betrachtete man ihn von Kopf bis Fuß, so kam einem sogleich der Verdacht, dass er sich allein der Speisen halber auf seine anstrengenden Expeditionen begab. Diesen mörderischen Appetit verbarg er hinter einer elaborierten These, die besagte, dass das jeweils bereiste Land nur durch die Einverleibung der landeseigenen Gerichte überhaupt erst zu erkennen, zu erfahren sei. Nicht das Land sehen, sondern es sich einverleiben, das mache den Unterschied zwischen einem Massentouristen und einem geistreichen Voyageur aus. So hatte er im Lauf der Jahre eine raffinierte, ausnehmend masochistische Tourtechnik entwickelt: In welchem Kontinent Schach auch immer aufwachte, nahm er in seinem dunkelblauen Morgenmantel ein ausgiebiges Frühstück ein, ein Frühstück, über das er sich wie ein Eichhörnchen hermachte, mit hellwachem Blick und flinken Griffen über den Tisch. Er verspeiste mehrere Butterhörnchen, Nusshörnchen, Hörnchen aller Arten, tauchte sie in den Kaffee, steckte die tropfenden Bissen in den Mund, kaute schnell und atemlos und strahlte so einsam vor sich hin, dass es gar nicht einsam um ihn aussah. Einmal angefüllt und glänzend wie ein Marmeladenglas, machte er sich versiert an den Tag, fuhr, eilte und besichtigte alle an einem Ort verfügbaren Kirchen, Kathedralen, Museen, Theater, Ruinen und Mausoleen. Am Abend dann, nach Betrachtungen von Tempeln, rauschenden Wasserfällen, Pyramiden, Bergspitzen und Palastfassaden, nach Meditationen in Basiliken, Dorfkirchen, Burgkirchen, Bergkirchen, Schlosskirchen, Synagogen oder Moscheen, kehrte er in das beste Restaurant der Stadt, des Dorfes oder eines Strandes ein. Er wählte mit seinen Reiseführern und Postkarten den schönstgelegenen Tisch und verzehrte die jeweiligen kulinarischen Spezialitäten mit einer solchen Lust, dass die Luft um ihn herum sich auflud. Er selbst sprach von den Mahlzeiten als von der »Krönung des Tages«, als von der »völligen Verschmelzung mit dem Land«, als von der »Verzehrung des Landes selbst«. In Venedig etwa nahm er nur Tintenfische, *pesce in saor*, schwarzen Tintenfischreis oder Fischsuppe zu sich, verschlang so durch diese Genüsse das tintenfarbene Meer und seine Bewohner und verband sich mit den Wassern, die diese Stadt trugen. »Die Lagune austrinken, das ist es, was ich will, wenn ich in Venedig bin.«

Durchaus ein gebildeter, belesener Mensch, war es ihm dennoch nicht gelungen, seinen Doktor in Philosophie zu machen, und so war er schließlich, schon lange bevor seine Eltern starben, Versicherungsagent geworden. Doch nicht Philosophie, sondern Kunst und Religion waren seine Steckenpferde. Diese beiden versuchte er auf abenteuerliche Weise auf den Weltreisen vor seinen Karren zu spannen, das eine jeweils mit dem anderen verbindend und immer mit Nachtmahlen krönend.

Natürlich war Schach ein Feind der Moderne, doch profitierte er aufs Geschickteste von allen ihren Vorteilen. Fliegen war für ihn das Schönste. Ein Glas Champagner in der Hand, blickte er, wie ein satter Engel auf seiner Wolke, in die Tiefe, wo Flammen aus arabischen Öllöchern loderten, wo Steppen oder Rosengärten lagen.

Durch seine Freundschaft mit der Besitzerin eines luxuriösen Reisebüros in Zürich erhielt er stets erheblichen Rabatt in den Fünfsternehotels, wo er als »dottore« oder als »Sahib« an der Rezeption empfangen wurde. Dank dieser Rabatte reiste er von einem Opernabend in der Scala, mit Übernachtung im Grand Hotel, zu einer Hamletaufführung im Wiener Burgtheater, mit Übernachtung im Hotel Sacher, wo er anschließend in der roten Bar einen Tafelspitz zu sich nahm, um ganz in Österreich eindringen zu können. Er war als Junggeselle so meisterhaft auf die Befriedigung seiner Gelüste eingestellt, dass ihm die Einsamkeit seiner Genüsse gar nichts mehr ausmachte, zumal er auf seinen Reisen immer wieder fremde Menschen anzog. Vor allem Gruppenreisende waren beglückt, im Flugzeug nach Kuala Lumpur, Jakarta oder Madagaskar einen Mann wie ihn kennenzulernen, der sie während des Fluges mit ausführlichen Einzelheiten über das zu besichtigende Land bereicherte und sie noch dazu in ein Kaffeeklatschgelächter zu versetzen verstand. Schach sammelte Kunstpostkarten, Rosenkränze und alte Reiseführer, drei Dinge, die seinem jeweiligen Hotel- oder Gästezimmer einen Hauch von geistiger Intimität verliehen, welche er in seiner Züricher Eigentumswohnung aufgrund seiner unermüdlichen Reiserei nie hatte herstellen können. Erst wenn er unterwegs seinen Altar aus diesen Gegenständen errichtet hatte, fühlte er sich in dem Raum angelangt und konnte sich an den Schreibtisch setzen, um mit breiter, klarer Schrift seine Reisebetrachtungen niederzuschreiben. Er verlor allerdings mit dem Einrichten seiner provisorischen Zimmer, mit dem Aufbau von Postkartenfluchten und der Dekoration von Schreibtischen zu viel Zeit, um Druckfertiges zu produzieren. Doch gerade dies war es, wovon er, wie viele Reisende, träumte, ja, er plagte sich mit der Annahme, dass es sich heutzutage als Gebildeter ungedruckt kaum leben lasse, dass diesem nur das Gedruckte Ansehen und Respekt verschaffe. Diese Seite seiner Natur betrachtete meine Tante als Schwäche. »Aber lassen wir sie ihm«, sagte sie, »denn man muss die Dummheiten akzeptieren, die unser Charakter von uns verlangt.« Darüber hinaus verkündete Schach bei jeder Gelegenheit, in welchen Hemden, Hosen, Jacken, Schuhen, mit welchen englischen Regenschirmen, Füllfederhaltern, Schokoladensorten, Taschenmessern, Taschentüchern und Taschenbüchern es sich am besten in unseren so wenig herrschaftlichen Zeiten noch den Herrn spielen lasse. Doch Herr sein oder den Herrn spielen kam für meine Tante auf das Gleiche heraus, entscheidend für sie war, dass sich ein Mensch die Mühe gab, seine ästhetischen und geistigen Erkenntnisse auch in einem gutgeschnittenen Anzug oder einem schönen Sommerhut zu zeigen. Schach war feinspürig genug, um sich von meiner Tante in allen seinen Stärken und Schwächen erkannt zu sehen. Daher liebte er sie, in der Art, wie ein Kastrat seinen Mäzen, wie ein dickes Kind seine dünne Mutter liebt. In ihrer Gesellschaft fühlte er sich wohl, da er vor ihr nicht viel verbergen konnte.

Früher war er jedes Jahr nach *Le Pertuis* gekommen, hatte das Gästezimmer mit seinen Devotionalien, seinen Reiseführern und seidenen Schlipsen belegt. Er kam und blieb eine Woche, einen Monat und manchmal auch länger, doch in den letzten Jahren, da er durch das Erbe seiner Eltern zu Geld gekommen war und als reicher Mann galt, da er sich also seine Unruhe leisten konnte, hatte er es vorgezogen, seine Zeit in allen nur bereisbaren Weltgegenden zu verbringen. Außerdem hatte Leslie als exakter Wissenschaftler Schach und seine Reiseschilderungen immer mit einem seltsamen Lächeln angehört. Der Tod meines Onkels bedeutete eine große Erleichterung für Schach. Leslie war in Schachs Augen immer ein »Unbegabter« gewesen, Schach hingegen in denen meines Onkels ein »aufgeblasener Schaumschläger«.

Es lag auf der Hand, dass er jetzt gekommen war, um meiner Tante den Hof zu machen, sie vielleicht zu heiraten, jetzt, da sie frei und er immer noch Junggeselle war. Aber wie schlecht kannte er die Tante, die über seine Hofmacherei nur lachen konnte und die ihrerseits ein Steckenpferd hatte: den Adelstitel ihres Mannes, den sie verwendete wie Schach seine Beziehung zu der Reisebürobesitzerin. Leslies Titel ersetzte auf gewisse Art den fehlenden Ehemann. Bürgerliche Männer kamen nur als Courmacher, nicht als Ehemänner in Betracht. Schach aber suchte in seinem Alter ein festes Dach über dem Kopf, die Ehe, eine Einrichtung, die seiner labilen Natur einen festen Rahmen geben könnte.

An seinem Wagen, an Schach selbst hing der unverwechselbare Geruch der Großstadt, ein Geruch, den meine Tante und ich gierig aufnahmen. »Mein lieber Schach«, rief die Tante, »dass ich dich wiedersehe! Komm herein! Meine Nichte wird dir mit dem Gepäck helfen. Du siehst zum Verlieben aus!«

Ich trug Schachs Lederkoffer, einen Koffer aus etwas brüchigem dunkelsandfarbenem Kalbsleder mit langen Schnallen, in das Gästezimmer. Einen Moment lang blieb ich reglos neben ihm stehen, der so viel in der Welt herumgekommen war, der gefüllt war mit Schachs Junggesellenkleidern, mit seinen Büchern und seinen Utensilien eines gelungenen Lebens. Ich beneidete den Koffer für das Vorrecht, an Schachs Seite in afrikanischen Bussen, in indischen Expresszügen, auf Eselsrücken, Schiffen, in Flugzeugen und in Landrovern zu reisen. Ich legte meine Hand auf den kühlen Verschluss, dann lachte ich aber, denn Schach zu beneiden, das hieß, verloren zu sein.

Aus dem Salon, einem kleinen mit goldgelben Seidentapeten bespannten Raum, den die Tante nur für Gäste öffnete, drang bald schallendes Gelächter, denn Schach verband mit meiner Tante vor allem der Sinn für das Lächerliche, doch sein Lachen war merkwürdig. Es passte zu seinem Gesicht. Er lachte wie eine Maus, die in ihrem Loch sitzt und die Mäuse auslacht, die einer Katze zwischen die Zähne geraten sind.

»Du hast ja alles richtig im Leben gemacht«, hörte ich ihn ausrufen, »du brauchst ja nicht wie ich immer unterwegs zu sein! Du hast deinen Garten, deine Tiere, deine Bibliothek, deine Nichte! Du bist auf niemanden und nichts mehr angewiesen, aber ich, ich werde depressiv, wenn ich nicht reise! Ich bekomme sofort einen Hautausschlag, wenn ich zu Hause bleibe. Ich muss geradezu aus therapeutischen Gründen reisen.« »Wie entsetzlich!«, rief die Tante. »So entsetzlich ist das nun auch wieder nicht! Nein, jetzt ist wirklich der letzte Moment, da man sich die Welt noch halbwegs in Ruhe ansehen kann.«

Ich ging in den Esssaal, zündete die Kerzen in den Kandelabern an und warf einen letzten Blick auf den Tisch. Nebel beschlug von außen die hohen Fenster, in denen sich die Kerzenflammen spiegelten. Aus dem Kamin strömten Hitzewellen. Nichts erinnerte mehr an Kälte, Verlassenheit und Mehlwürmer im Apfelkuchen.

Die Tante und Schach traten schon leicht angetrunken ein. Lady Leslie hatte an diesem Abend eine Flasche Champagner aus dem Keller geholt, der bereits seine Wirkung tat. »Wunderbar!«, rief Schach aus, als er an den Tisch trat, »einfach wunderbar«, ein Ausruf, den er in kurzen Abständen wiederholte. Er setzte sich ans Tischende, auf Leslies Platz, und lehnte sich mit vor der Brust verschränkten Armen zurück, um die Tafel mit seinem flatternden Blick zu betrachten.

Die Tante hatte ihren rumänischen Hilfsarbeiter kommen lassen, der uns bedienen sollte. Er stand in einem weißen Hemd und einer Weste meines Onkels am Türeingang, um auf jeden Wink loszulaufen.

Lady Leslie trank auf das Wohl des Gastes. Sie reichte ihm einen Teller mit frittierten Borretschblüten. Drei Weinflaschen in verschiedenen Rottönen standen auf dem Tisch, von einem hellen Himbeer- bis zu einem dunkleren Erdbeerrot. Um die Flaschen gruppierten sich Stopfleberbutter, kleine Anchovisstangen, Krustenpasteten und Ausgebackenes. Aurel, der Rumäne, lief zwischen Küche und Esssaal hin und her, um alle Wünsche zu erfüllen.

Auf die Hors d'œuvre folgte das Huhn à la Madame Renoir. Schach aß mit größtem Appetit und lachendem Bauch, und kaum war sein Teller leer, ließ die Tante ihm von Aurel eine weitere Portion glasierter Karotten, den in Öl geschwenkten Brokkoli und ein weiteres Stück vom Huhn aufgeben. »Iss dich gesund.« »Was heißt gesund? Wenn es jemanden in dieser Welt gibt, der noch gesund ist, dann bin ich es!« »Das sagen alle Leute, die krank sind«, rief die Tante, ihm Wein einschenkend. Kaum aber war sein Teller wieder leer, wurde ihm noch ein Hühnerbein gereicht. Essend wurde er immer röter und seliger.

»Wie lange habe ich dieses Huhn mit Delikatessen ernährt. Wenn ich daran denke, was alles in diesem Tier steckt, Kräuteromeletts, Erdbeerkuchen, Quittenmarmelade, Maiskolben, Spinat, Fenchel, Tomaten, meine eigenen Brote, ein Rest meines Rumtopfs und all der Mandelkrokant! Vor dir liegt nicht ein Huhn, sondern ein Feinschmecker«, sagte die Tante.

»Jetzt ist aber Schluss! Ich kann nicht mehr!«, rief Schach nach der zweiten Flasche Wein, einem 1999er Nuits Saint Georges Premier Cru, Domaine Taupenot-Merme. »Wir haben kaum angefangen«, hieß es, als Aurel die Teller abräumte und durch Dessertteller ersetzte.

Es folgte ein Krokant-Soufflé. Dazu öffnete die Tante eine Flasche Côtes de Montravel. Als Aurel auch die Dessertteller abgeräumt hatte und den Käse brachte, der auf einem Wirsingkohlblatt lag, schien der Gast förmlich zu platzen. Die Tante aber entkorkte noch den 1988er Château Palmer.

So wie Lady Leslie eine geborene Unterhalterin war, war sie auch eine geborene Lacherin. Der Tod ihres Mannes hatte ihr nur für kurze Zeit das Lachen vergehen lassen. Auch wenn sie ernst blickte, konnte man auf dem Grund ihrer kleinen blauen Augen eine Lachimplosion, einen inwendigen Lachanfall erkennen, den sie mit eiserner Selbstdisziplin zurückzuhalten verstand, wenn er ihr unangebracht schien. Sie riss beim Lachen ihre Lippen so weit auseinander, dass man den schwindelerregenden Eindruck gewann, in den offenen Mund hineingesaugt zu werden, in dem die Zunge und das hellrosa Gaumenfleisch glänzten. Da die Gabe des aufrichtigen Lachens nur wenigen Menschen in die Wiege gelegt wurde, sahen sich Personen, die einem Lachanfall ausgeliefert waren, in eine prekäre Lage versetzt. Sie wussten nicht, wohin sie blicken sollten, ob in den aufgerissenen Mund oder in die mit Lachtränen gefüllten kleinen Augen, die sich, unabhängig vom Gelächter ihrer Besitzerin, nicht davon abhalten ließen, das unsichere Gegenüber von oben bis unten zu mustern und gründlich zu studieren. Man war also doppelt ausgeliefert: Mund und Augen, die beide indezent zu handeln schienen. Manchmal wusste ich wirklich nicht, worüber meine Tante lachte, doch wenn ich sie dann ansah, lachte ich einfach mit. Ich fühlte, es hätte in ihren Augen dumm ausgesehen, hätte ich nicht in ihr Gelächter eingestimmt. Auf diese Weise vergingen oft lange Minuten, in denen ich unter ihrer Ägide laut lachend dasaß, bis sie sich beruhigte, noch einmal etwas nachgluckste, einen Schluck Wein zu sich nahm, etwas kindlich in sich hineinlächelte und dann wieder das Gespräch aufnahm. Wie eine Ente die Wassertropfen, so schüttelte sie den Rest ihrer Lachlust von sich ab.

Ich hielt diese Heiterkeit für die Signatur einer hohen Begabung. Ein Mensch, der so lange und so laut lachen konnte wie meine Tante, der war allen überlegen. Tatsächlich hatte sie eine Lachtheorie entwickelt. Im Gegensatz zum großen Lawrence Sterne war sie davon überzeugt, dass der Geist eines Menschen durch seinen Körper hindurchscheint, dass er desto heller scheint, je feiner der Geist ist, ja mehr noch, dass der Geistesgrad eines Menschen an seinem Lächeln oder Lachen abzulesen sei. Um den Charakter eines Menschen zu erfassen, bediente sie sich dessen Lachart als Fenster zu seiner Seele.

»Ein Jammer«, rief sie mir jetzt zu, »dass du nicht nach Indien fährst! Ein Jammer, dass du hier wie ein Apfel vertrocknest!«

Das Wort Indien belebte Schachs angetrunkene Phantasie. Das Weinglas in der Hand, lehnte er sich mit geschlossenen Augen zurück und fing an, über das Land, das mich bis in meine Träume verfolgte, zu dozieren – dabei war es ganz still im Raum, nur das Knacken im Kamin war zu hören: »Die Reise nach Indien ist für mich die Reise nach Osten, die Reise zurück zum Ursprung. Wenn *ich* nach Indien fahre, kehre ich zurück in den Mutterschoß, in das Land, wo die Sonne aufgeht. Dieser Mutterschoß wird symbolisiert durch die Schlange. Die Schlange ist das Symbol der Erdkraft. Das Abendland hat sich durch die Tötung der Schlange definiert. Die Tötung der Schlange! Die Tötung des Drachens! Alle christlichen Erscheinungen sind Schlangentöter, der Erzengel Michael, der heilige Georg, auch Siegfried, der in Drachenblut badet – und im Griechentum Perseus, der der Medusa den Kopf abschlägt, und Apoll, der die Pythonschlange in Delphi tötet, alles Schlangentöter. Nun kommt etwas ganz Erstaunliches: an einigen Orten der Erde wird die Schlange nicht getötet, sondern sie lebt weiter. Im Christentum geht es da ganz banal zu! Maria zertritt der Schlange den Kopf, in Wirklichkeit aber ist die Schlange der Ort, auf dem Maria schläft, weil sie ja die verkörperte Schlange ist, als weibliche Gottheit. *Meine* Reise nach Indien ist natürlich die Reise zur Schlange. Im Paranirwana liegt Buddha da wie eine Schlange, mit der Länge seines Körpers die Erde abdeckend, oder, wenn Buddha in Bodhgaya meditiert, kommt der Nagakönig, der Schlangenkönig, zu ihm und formt über Buddha den Schlangenschutz, aber das sind ja alles nur Bilder dafür, dass Buddha *selbst* die Schlange *ist*. So ist also meine Reise nach Indien eine Reise in den Mutterschoß, zur Schlange hin, zum Drachen …« Bevor meine Tante ihre Augenlider schloss, warf sie mir einen Blick zu, in dem die Absicht lag, dass wir von nun an mit dem Warten auf Besuch keine Zeit mehr verlieren würden. Schach redete bis in die Nacht hinein. Die Tante und ich waren in Schlaf gefallen. Als irgendwann die Worte erklangen: »Und deswegen bin ich hierhergekommen, überzeugt davon, dass wir *zusammen* reisen müssen«, wachte die Tante auf, erhob sich und sagte: »Der Triumph wahren Geschmackes ist die Erkenntnis, dass man der Welt den Rücken zu kehren hat.«

All diese Erinnerungen waren mir wie eine Kette von Bildern durch den Kopf gezogen, als ich meine Tante in Mr Bills Fernsehboudoir von ihrer schwärmerischen Trauerrede über seine Frau abhielt, selbst aber mit einer unerträglichen Beklemmung in dem Kabinett stand, nur auf den einen Augenblick wartend, da Mr Bill endlich seine Schwiegertochter, Manjithias Braut, vorführen würde. Übrigens war ich schon beim Betreten des alten Hauses überrascht gewesen, dass nichts sich geändert, nicht ein Gegenstand verrückt oder eine Tür gestrichen worden war. Außer dem Einzug des Hitachi 1080 war nach Ms Moinas Tod und nach der Vermählung Manjithias alles unverändert geblieben. Die Wände hatte ich längst auf eine mögliche Veränderung hinter ihnen abgehorcht, sie längst auf ein Gelächter oder Geflüster hin abgehört, ohne ihnen auch nur den allerkleinsten Hinweis auf das Leben des Brautpaares entnehmen zu können. Noch vor dem ersten Schritt auf Maripals Dachterrasse hatte ich mich noch einmal für den schockierenden Anblick eines radikal veränderten Haushalts gewappnet, in dem Manjithia mit seiner Frau den Posten von Maripal und Moina Singh Bill eingenommen, alle Räume unter Sonalikas ästhetischer Führung sich mit neuen Farben und neuen Gerüchen angefüllt hätten. Ich war sicher gewesen, dass sie mir als Gastgeberin entgegenkommen und mich in ihren Haushalt, für den ich einen englischen Teller mit Engelbemalung mitgebracht hatte, einführen würde, doch Maripal hatte bis jetzt seine Schwiegertochter nicht einmal erwähnt, als auf einmal eine Seitentür des Raumes aufsprang, aus der die Braut des älteren Sohnes hervortrat. Ich war mit allen Fasern meines Körpers auf den Schlag gefasst, mit dem die Gestalt der Ehefrau mich niederschmettern, mich mit ihrer Schönheit für meine maßlose Selbstüberschätzung strafen würde. Die Tür sprang auf und gab den Blick frei auf zwei krumme Beine in grauschwarzen Stretchjeans, die mit dem weitfallenden T-Shirt und den indischen Slippern das Wesen ihrer Trägerin enthüllten. Das von dem Stretchstoff der Hose festgehaltene und leicht in die Höhe gedrückte Hinterteil, das in seiner auf diese Weise unterstrichenen Zurschaustellung die Rolle des Charmes oder der Schönheit übernehmen musste, dieses Hinterteil verriet, so wie ein Hinterhof das Wesen der Concierge, das Wesen von Manjithias Braut. Ich erkannte auf einen Blick, dass sich in diese engen Jeans die verkappte und hilflose Erotik einer Frau presste, die glaubte, sich der westlichen Vorstellung von erotischer Kleidung beugen zu müssen, ohne den entsprechenden Körper zu besitzen. Mit dem Auge einer versierten Dermatologin sah ich unterhalb von Sonalikas Kiefergegend Pickel, die verrieten, dass sie vielleicht nicht ganz so glücklich war, wie ich angenommen hatte. Außerdem pickte sich Sonalikas Nase in ihrer ganzen Größe in meinen Augen fest. Wie war es, wenn man mit solch einer Nase im Bett lag? Ein ayurvedischer Arzt hätte diese Frage sicher damit beantwortet, dass dies vom jeweiligen Konstitutionstyp des Mannes abhing, doch in meinen Augen war es eine Zumutung, mit so einem Papageienschnabel die Matratze zu teilen. Wie auch immer eine Frau mit einem solchen Zinken sich drehte und wendete, die Nase blieb beherrschend zwischen den Laken. Erleichtert und enttäuscht zugleich reichte ich meiner Rivalin die Hand und schüttelte sie etwas zu lange.

Ich spürte, wie die unerträgliche Anspannung, in der mich das Brautpaar seit der Hochzeit gehalten hatte, auf einmal nachließ. Ein lang verblasstes Gefühl der Souveränität regte sich wieder, und während die kleine Sonalika sich zum Öffnen unseres Hochzeitsgeschenks auf einem der graublauen Sessel niederließ und mit jener matten Höflichkeit, die weder Begeisterung noch Enttäuschung zeigt, den ausgepackten Engelteller anlächelte, musterte ich sie mit offener Zufriedenheit von den Zehenspitzen bis zu den Haarwurzeln, auf der Suche nach einem anziehenden Körperteil. Die Füße waren klein und zierlich, doch schwach in der Muskulatur und öde im Ausdruck. Die Zehenglieder waren etwas verkümmert, und die Nägel erinnerten an Vogelkrallen. Die krummen Beine, die als Erstes in mein Blickfeld geraten waren, behielten auch bei der zweiten Musterung ihre Kürze bei. Für solche indischen Frauen sind Saris wie gemacht, denn sie lassen die Beine etwas länger erscheinen. Das Fett des mürben, mehlwurmfarbenen Hinterns waberte über einen mit Strasssteinen versehenen Gürtel, eine Art glitzernder Rettungsring zur Bändigung hervorquellenden Fleisches. Auf dem weißen T-Shirt stand in schwarzen Lettern NO! geschrieben, das mit seinem mahnenden Ausrufezeichen in einem traurigen Kontrast zu den abfallenden, schwachen Schultern und den doch schönen, gurkenförmigen, noch kindlichen Armen stand. Unter dem T-Shirt war immerhin ein straffer Bauch sichtbar, an dem es sich gewiss schön lag. Dann stießen meine Augen noch einmal auf das Gesicht mit seiner kleinen Stirn, den tiefschwarzen, in Form von Möwenflügeln gezupften Augenbrauen, unter denen der hilflos suchende Blick einer Gefangenen lag, die mit ihrer Papageiennase in einen Tigerkäfig geraten war. Der Mund war geschminkt und jeden Augenblick zu einem jovialen Lächeln und zu einer höflichen Bemerkung bereit. Doch was meine Vorstellungen von Sonalika am meisten belebt hatte, ihr schwerer schwarzer

Haarknoten, aus dem sich im Laufe eines Tages einige Strähnen lösten und um den Nacken wanden, war in Wirklichkeit in Stufenschnitt gestutztes Haar, das sich in unregelmäßiger Länge um ihre Schultern breitete. So verwandelte sich meine hochgewachsene *beauté du diable* in einem Augenblick in ein modisches indisches Bürokissen.

»I have to leave for work now«, sagte nun auch Sonalika, ein Satz, der in dieser Familie regelmäßig wie der Kuckucksruf aus der Schwarzwalduhr zu hören war. »You work?«, rief meine Tante, so erstaunt war sie, dass die junge Ms Bill es nötig hatte, einem Beruf nachzugehen, wo doch bislang keine einzige Frau in dieser Familie auch nur einen einzigen Gedanken an Arbeit verschwendet hatte. Ms Moina Singh Bill hatte ihre Morgen in der Badewanne, beim Friseur oder beim Juwelier verbracht, ebenso hielt es heute noch die Frau ihres Bruders, hielten es ihre Cousinen, die ihre Morgenstunden ebenfalls in der Badewanne, beim Haarmasseur, beim *shawlwallah* oder beim Einkauf verbrachten. Fragte man sie nach dem Verlauf ihres Tages, so lautete die Antwort der Damen: »I enjoyed the sun«, »I had a headmassage«, »I went to the jeweller«. Es hätte sie allesamt beleidigt, wenn man sie nach ihrer Arbeit gefragt hätte, so wie um die Mitte des achtzehnten Jahrhunderts der Aufseher des Königs von Spanien aufgefahren war, als ein Franzose, der die Erlaubnis erhalten hatte, die Privatgemächer des Königs zu sehen, vor dessen Schreibtisch stehen geblieben war und gefragt hatte: »Also hier arbeitet der hohe König?«, worauf der Aufseher ausgerufen hatte: »Wie? Arbeitet? Welche Unverschämtheit! Der große König – und arbeiten! Sie machen sich einer Majestätsbeleidigung schuldig!« »All the young ladies are working now, my dear«, sagte Mr Singh Bill und strich sich über die Bartbinde. »India is changing!«, rief er in diesem einmaligen Singsang satter Zufriedenheit und leisen Hohnes. »Money is essential for success!« »Jetzt verlernen sie auch noch die hohe Kunst des Faulseins«, sagte die Tante mit einem Blick auf Sonalika, aus deren Achseln, aus deren Haar und Kleidern der Morgenduft einer jungen, vom amerikanischen Optimismus animierten Inderin aus der Upper- oder Middleclass wehte.

In der Art, wie sich Sonalika mit ihrer teigweichen Hand, mit den gepflegten, langen Fingernägeln durch das schwarze Haar fuhr, lag jener in Indien erst jüngst erworbene Selbstständigkeitsschick, der zur Anmut einer Frau nicht mehr als einen gewissen Ausdruck von Arroganz beiträgt, und doch hing an ihr auch noch die Welt des Mädchenkollegs, in dem sie bis zur Hochzeit die meiste Zeit verbracht hatte, der Geruch eines indischen Klassenzimmers, wo Träume und Illusionen die zukünftigen Ehefrauen beherrschen. Und nun machte sie sich mit ihrem Mädchenschritt zur Arbeit in der Versicherungsanstalt auf, die auf der gegenüberliegenden Straßenseite lag, dort, wo auch Amolak, Manjithias Cousin, seine Tagesstunden verbrachte. Ich habe nicht danach gefragt, doch vielleicht saßen die beiden in einem Büro zusammen und blickten auf das Bill'sche Haus, das im Schatten höchster Ruhe und schönster Faulheit dalag.

Mr Bill sah ihr mit einem merkwürdigen Blick nach, in dem mir die Ahnung zu liegen schien, dass das Leben seiner Schwiegertochter nicht so verlief, wie er gewünscht hätte. Das schmale Handtäschchen unter die Achsel gezwängt, verließ die Neuvermählte das zu einem Männerpalais gewordene Haus, wo ihr eigener Mann noch schlafend im Bett lag, beim Erwachen aber wie ein Kind von seinen Dienern umsorgt werden würde.

In den folgenden Tagen begriff ich, dass für Sonalika der Weg ins Büro ein Fluchtweg aus dem Billhaus bedeutete, wo Sitten und Eigenarten herrschten, von denen im Klassenzimmer ihres Colleges kein Wort zu hören gewesen war. Hatte ihr etwa eine ihrer Freundinnen verraten, dass es kein Vergnügen war, vor Langeweile zu sterben?

Mr Bill musste ihr auf seine väterlich fürsorgliche Art den Weg ins Büro gleich nach der Hochzeitsreise gewiesen haben, auch um sie nicht zur Zeugin der familiären Trägheit werden zu lassen. Mit Ms Moina war es etwas anderes gewesen. Mr und Ms Bill hatten sich allmählich in die Faulheit eingelebt, doch das war das alte Indien gewesen, damals gehörte die in der Familie Bill übliche Faulheit zum guten Ton der sogenannten alten Familien, doch in einer Zeit, wo auch in Indien die Uhren schneller liefen, Bomben explodierten, U-Bahnen gebaut wurden und Frauen arbeiteten, war es klüger, nicht allzu viel von der Schlaflust der Familie nach außen sickern zu lassen. Die Bills wollten in Ruhe weiterschlafen, weiteressen und weitertrinken, ohne sich durch den Blick einer Frau gestört zu fühlen. Es hatte sich also durch die Heirat im Leben der Bills kaum etwas geändert.

Manjithia bekam ich erst drei Tage nach unserer Ankunft zu sehen, an einem Morgen, als er mit verschlafenem Blick aus seinem Kinderzimmer trat, das inzwischen zu seinem Ehezimmer geworden war. Bei meinem Anblick sanken seine Lider noch tiefer über seine braunen Augen. »I'm dying of work these days«, sagte er, während er vor Müdigkeit umzufallen schien, und es reizte mich immer noch die Vorstellung, in sein Leben einzugreifen, seine schlafende Wahrnehmung zu schärfen und ihn zu einem hellwachen Leben zu erwecken, doch hatte inzwischen, nach Moinas und Leslies Tod, meine absurde Lust, die Bills aus ihrer Trägheitsfestung herauszureißen, nachgelassen. Ich trat aus dem Haus, wenn mittags um zwei Maripal in sein Ehebett sank, die Diener sich quer über die Flurböden legten, die Wächter, Köche, die Hausmädchen und auch die Fahrer, die Söhne und Dackel in festen, tiefen Schlaf fielen, während Sonalika aus ihrem Bürofenster auf das stille Haus blickte und sich vielleicht fragte, wie lange ihr Mann wohl noch träumen mochte.

* * *

Die Flachsblüten im Garten der Bills verblühten schon. Manjithia war mit einem Freund für eine Woche zu einem Fluss an der nepalesischen Grenze gefahren, um dort große silberne Fische zu angeln, Govind unterzog sich in Mysore einer ayurvedischen Behandlung, um etwas über heilsame Öle und reinigende Darmkuren zu erfahren. Maripal befand sich im Punjab auf einer einwöchigen Hochzeitsfeier. Sonalika saß abends reglos vor dem Fernsehapparat. Das Haus lag stiller denn je zwischen den hohen Peepalbäumen.

Nachmittags schob sich die alte Ms Bill, die Erfinderin des Familienmottos »Save the money for rainy days«, auf eine Gehhilfe gestützt, von ihrem Schlafzimmer auf die Veranda, wo sie sich mit Hilfe ihrer jungen bäuerlichen Dienerin auf einem der alten Korbsessel niederließ, die entlang des Raumes in so großer Entfernung voneinander standen, dass jedes Gespräch ausgeschlossen war. An diesem Ort war es nur einer erlaubt zu reden, Ms Bill. Die Anordnung der Sessel verriet jedem Verandagast, dass hier die Kunst der Konversation unerwünscht war, dass ihr stummes Dasitzen und Vor-sich-hin-

Stieren vorgezogen wurde. Für einen wortgewandten Menschen war diese Sesselanordnung eine durchaus harte Prüfung. Er sah sich gezwungen, seinen Blick ebenfalls, wie die alte Ms Bill, auf die rote Rose zu richten, die sich um den Torbogen im Garten wand, oder einem der Dackel, der sich ihm über die heißen Füße gelegt hatte, auf den Rücken zu klopfen, einen Schluck Tee zu trinken und auf etwas Erlösendes zu warten, auf den Eintritt eines heiligen Mannes oder den Messerwurf eines charakterlosen Dieners. Sich zu erheben war dem einmal in seinem Sessel versunkenen Gast untersagt, bis die alte Ms Bill selbst das Zeichen zum Aufbruch gab, was lange, sehr lange dauern konnte. Sie vermochte stundenlang, bis in die Abenddämmerung, ja bis in die Dunkelheit hinein in bewunderungswürdiger Starre auszuharren und auf ihre Fußnägel zu stieren, ohne je in Unruhe darüber zu geraten, dass die Zeit an ihr vorbeifloss. Die alte Ms Bill saß da mit dem Ausdruck eines fetten Salamanders. In ihrem gesättigten, meist bösartigen Gesichtsausdruck lag die anmaßende Überzeugung, der einzig bedeutungsvollen Lebenspflicht einer Frau nachgekommen zu sein, so gelebt zu haben, wie es sich für eine Frau aus ihrem Stand gehörte: zwei Söhne auf die Welt gebracht und dafür gesorgt zu haben, dass ihr eigenes und das Vermögen ihres verstorbenen Mannes weiter klug verwaltet wurden. Sie fasste keine Entschlüsse mehr. Kam es jedoch dazu, dann waren es so schwerwiegende Entschlüsse wie etwa der, ob sie sich auf der Veranda niederlassen oder eine Banane verzehren oder sich gar *mit* der Banane auf die Veranda setzen solle. Dem ging gründliches Nachdenken voraus, doch hatte sie einmal auf einem Sessel Platz genommen, so saß sie fest wie die Made im Speck, und es bedeutete für das gesamte Haus eine Verkehrsstockung. Denn weder ihre Söhne noch ihre Enkel konnten an dieser zum Garten hin offenen Veranda vorbeigehen, ohne stehen zu bleiben und sich über ihre geschwollenen Füße zu beugen, die wie zwei knusprige, vom Sonnenlicht angebratene Masthühner auf einem Hocker lagen. Saß sie einmal, so bildete sie eine Art Mautstelle, an der jeder Vorbeigehende seine Gebühr zu hinterlassen hatte, eine Gebühr des Respekts und der Verpflichtung, denn solange die alte Ms Bill hier saß, so lange war jedem Familienmitglied bewusst, dass es ihr das Dach über seinem Kopf zu verdanken hatte, sie war immer noch Alleinbesitzerin des alten Palastes. Wer etwa, wie ich zuweilen, wagte, an der alten Dame mit ihrem auf die Brust herabgesunkenen Kinn und den zugefallenen Augenlidern vorbeizuschleichen, der wurde mit einem ächzenden Ausruf eines Besseren belehrt, denn beim leisesten Geräusch belebte sich Ms Bills Reptilblick mit auffunkelnder Strenge. Es gab keinen Weg an ihr vorbei. Sie registrierte jedes Dackelgähnen, jedes Dienerlachen und erst recht den Schritt von jemandem, der sich jung und eilig an ihr vorbeidrücken wollte. Trotz ihrer allgemeinen Schwäche hatte sie in ihrer Wahrnehmung unerhörte Kräfte erlangt. Als Wächterin über ihr Haus wachte sie auch über jedes einzelne Leben darin, und ihre Söhne, die zwei Mr Bill, würden, solange ihre Mutter am Leben war, Kinder bleiben.

Meine Tante brachte der Hausherrin jeden Tag Gladiolensträuße mit, die das verdunkelte Schlafzimmer der alten Dame durch ihre flammend roten Blüten erleuchteten. Sie hatte eine Schwäche für Ms Bill senior, wenn sie sagte: »Every evening my father took a bottle of opium« und dann fortfuhr zu erzählen, wie der Vater im Rausch auf einem geschmückten und bemalten Elefanten über seine Ländereien der untergehenden

Sonne entgegenritt. In ihrem Lazertenblick klebte noch all die Wollust jenes großherrschaftlichen orientalischen Lebens, als der Tag noch mit Trommelwirbel und Speergerassel begann. Die alte Ms Bill hatte Festen beigewohnt, von denen zuweilen beim Erzählen noch ein Funken aus ihren müden Augen blitzte, nächtelange und zeltbeschirmte Feste, die an Himmelsfeiern erinnern mussten, blumengeschmückt und gesangerfüllt, kristallklirrend, stoffflatternd und fackelschimmernd, begleitet von Elefanten, Pferden, Pfauen und anderen Tieren und umschwebt von Tänzerinnen. Vielleicht saß die alte Dame gar nicht faul und träge auf ihrem Korbsessel, sondern feierte hinter geschlossenen Lidern vergangene Feste, blühte und lebte in einem längst untergegangenen Indien, als die Nerven des jungen Mädchens durch die wilden, oft grausamen Sitten täglich aufs Neue angespannt waren. Damals war es nicht ungewöhnlich, wenn ein Diener ihres Vaters einen untreuen Untertanen erdolchte oder wenn ein Elefant den Befehl bekam, einen Störenfried niederzutrampeln. »Mein Vater wurde während des Zweiten Weltkrieges vom Vizekönig zum Oberst ernannt. Er reiste im Auftrag der indischen Streitmächte durchs Land und erteilte Kampfunterricht. Damals zählte die britische Armee in Indien ungefähr sechzigtausend Soldaten. Mein Vater kam während des Krieges jeden Monat für eine Woche nach Delhi. Er war ständiges Mitglied des Verteidigungsrates wie die acht Maharadschas, die wechselweise jeden Monat nach Delhi kamen. Zweitausendfünfhundert Morgen Land mit Baumwolle, Weizen und Rohr gehörten ihm. Mein Urgroßvater war auch Landbesitzer und ein Richter erster Klasse. Er baute Paläste in Manawala, wo meine ganze Familie bis zur Teilung Indiens lebte, und *seine* Vorfahren besaßen Land in Gujranwala«, erzählte sie in einem Atem, ohne den Blick von ihren Füßen zu heben. »My mother and my husbands mother were distantly related cousins«, worauf sie begann, den Lebensablauf der zwei Mütter zu erzählen, Erzählungen, die ihre Söhne und Enkel auswendig kannten, denen meine Tante und ich aber gebannt lauschten. Geschichten auch von ihrem Vater, der keinen Tag hatte vergehen lassen, ohne ihn zu inszenieren, etwas, worin indische Herrscher, Fürsten, zu Macht und Reichtum Gelangte eine einzigartige Kunstfertigkeit bewiesen. Unter Akbars hochgelegenem Bett floss Rosenwasser dahin, und fiel ihn die Lust an, Schach zu spielen, so dienten ihm sechzehn junge Mädchen als Spielfiguren, während der Vater von Ms Bill der Lust frönte, einen englischen Chauffeur zu haben. »We had lawns and tennis courts«, schwärmte sie. »Our houses and villages were known throughout Punjab. Mine was the leading family of the *Jats*. In fourteenhundredfifteen they came from Jaisalmer and settled down in Punjab.« Anstoß erregend waren solche Existenzen wie die ihrer Vorväter nur in den Augen der heutigen Menschen, sagte sie, woraus ich schloss, dass sie die Reichen von heute bemitleidete, die von der Kunst, ein solches Leben zu führen, kaum noch etwas verstanden.

* * *

Der Maharadscha von Moth war ein Freund meines Onkels gewesen. Leslie hatte ihn immer »den kleinen Maharadscha« genannt, da er in jedem Sinn ein kleiner Maharadscha war, mit einer kleinen Festung und mit einem kleinen Reich. Die alte Ms Bill, die gut mit den Moths bekannt war, begleitete uns zu einer Abendeinladung dorthin.

Für diesen Besuch, der in meiner Tante starke Erinnerungen an meinen Onkel wecken würde, zog sie sich einen langen, helltürkisen Rock und eine ebenso türkise Bluse an.

Es war ein heißer, staubig trockener Abend Ende April. Ms Bill schlug vor, einen Rikschafahrer zu nehmen, wie sie es in ihrer Jugend immer getan hatte. Kaum waren wir aus dem Tor auf die Straße getreten, flogen die Rikschafahrer wie Nachtfalter auf die dicke, in einem kanarienfarbenen Punjabianzug dastehende alte Dame zu, an deren ausgeleierten Ohrläppchen schwere Goldohrringe hingen. Sie war eine vielversprechende Kundin. »Faizabad Road«, sagte sie und blickte missmutig in die Runde der alten Männer, die, einen Fuß auf dem Boden, einen Fuß auf dem Pedal, ihre Fahrpreise nannten. Es bildete sich eine immer dichtere Rikschafahrerversammlung, ein immer dichterer Atem um uns. Ms Bill, die sich um keinen Gran von all ihren geizigen Verwandten unterschied, stand dick und seelenruhig inmitten dieser Runde aus mageren Männern und inspizierte jedes einzelne Gefährt, durchbohrte jeden Fahrer mit inquisitorischem Blick. »He will cheat us«, äußerte sie sich über den einen, und über den anderen: »He is a lousy boy«, über einen dritten: »He is a drunkard«, und über den vierten: »He thinks to be the king of the night.«

Während sie reglos in ihren ausgeleierten Sandalen dastand, für einen Abend ohne ihre Gehhilfe, während sie verhandelte und verurteilte, sog ich den Geruch der hageren, sehnigen Männer ein. Sie rochen nach den Straßen, auf denen sie fuhren, nach dem *dhal*, das sie aßen, aber nicht nach Schweiß wie so oft Taxifahrer. Die meisten Rikschafahrer kommen vom Land. Sie haben harte, bäuerliche Gesichter und leben an der Grenze zu einer Bettlerexistenz. Es sind Männer, die oft nur für eine Portion *dhal* am Tag radeln, die für weniger als zwanzig Cent ihr leichtes, schwankendes Gefährt zwischen Lastwagen, Ochsenkarren, Bussen, und Motorrädern hindurchlenken, im Dunst der Abgase, allen möglichen Anrempelungen, Beschimpfungen und Drohungen ausgeliefert. »Das könnte Mr Bill nicht, eine Rikscha durch diesen Verkehr lenken. Er würde sofort zusammenbrechen«, sagte die Tante.

»Faizabad Road«, wiederholte leise und drohend die alte Ms Bill den Männern. »Faizabad Road! Faizabad Road!«, hallte es wider. »Faizabad Road! Faizabad Road!« Die Krähen krächzten. Die Rikschafahrer schlugen mit ihrer flachen Hand auf die Sitze ihrer Gefährte, um damit zu beweisen, dass ihre Rikscha stabil und sicher sei. Doch Ms Bill schüttelte immer wieder ihren alten Kopf und schleppte sich mit schwerem Schritt durch die Fahrräder an den Straßenrand. Wir folgten ihr, die Tante mit einem Strauß Fingerhüte im Arm, im Bewusstsein, dass dies der Beginn einer unendlichen Verhandlung sein konnte, aber plötzlich winkte Ms Bills fette kleine Hand aus der Gegenspur eine Rikscha heran, die von einem jungen, im Stehen in die Pedale tretenden Mann gelenkt wurde. Ihr Auge blitzte auf. »This is our man«, stellte sie mit der Schärfe eines Generals fest, als der Fahrer zu uns herangefahren war und sein Gefährt so hingestellt hatte, dass die alte Dame mit seiner Hilfe auf den Sitz gestemmt werden konnte. Die Tante und ich nahmen rechts und links von ihr Platz, rechts und links von ihrem dicken Leib in die Ecken gedrängt, ihr als Kissen dienend. So wie sie nun dasaß, vermittelte sie den Eindruck, eine Fahrt in den Himmel anzutreten. Sie legte ihren Schleier über das Haar, umfasste dann mit ihren beringten Fingern unsere Oberschenkel und gab dem Fahrer das Zeichen zur Abfahrt. Der Mann stellte sich auf die Pedale, wandte den Kopf mit einer heftigen, starken Bewegung nach uns, lachte einmal auf und fuhr los.

Staub und Pollen, die im heißen Wind durch die Stadtluft trieben, umstoben das Fahrzeug. Das schwarze Haar des Rikschafahrers lag zottig wie das Fell eines kranken Hundes um seinen Kopf. Sein Gesicht drückte die Spannung eines Körpers aus, der sich in den Niederungen der Gesellschaft, der sich im Schlamm am Leben erhalten muss. Er gehörte zu denen, die nicht einmal das nötige Geld verdienen, um sich ein Stück Seife kaufen zu können, zu denen, die nachts auf ihrer Rikscha schlafen, den Kopf auf dem Sitzpolster, die Füße über dem Lenkrad ausgestreckt. Durch sein vor langer Zeit einmal weißes Hemd, das als schweißnasser, zerfetzter und grauer Lumpen an seinem Oberkörper anlag, zeichnete sich sein Rücken ab, ein langer abgemagerter Rücken, wie sie die indischen Straßenköter haben. Er fuhr dahin, ohne Schuhe, in zerrissenen, öldurchtränkten Hosen, fuhr durch die nächtlich beleuchteten Straßen, fuhr an den Juwelieren der Nazraganjroad vorbei, vorbei am *Lassiwallah*, an der Buchhandlung *Ram Advani*, wo der feine alte Mr Advani mit seinem weißen Bart und seiner runden Goldbrille sitzt, Klaviersonaten von Mozart hört und mit durchgeistigtem Blick seine Kunden mustert, vorbei am *Kashmir Emporium*, wo der Enkel eines kaschmirischen Pferdehändlers mit gletscherseefarbenem Blick und hennarot-blondem Bart mit Teppichen handelt, vorbei an *Calcutta's in Style*, wo Halbedelsteine und Perlen bei den Verhandlungen auf die Erde rollen, vorbei am fensterlosen *Royal Café*, der kühlen Adresse für Sommerrendezvous. Er fuhr drauflos, ohne zu wissen, wo die Faizabad Road lag, fuhr in einem merkwürdigen Taumel, in einem auffälligen Glückszustand, der unsichtbare Funken schlug. Der Geruch von Asche wehte an das Gefährt. Aus den Moscheen erscholl das *Allah Inshalla*. In den Aschengeruch mischte sich der Geruch von verbrannten Blumen. Der Rikschafahrer drehte sich immer wieder nach mir um, wie um nachzusehen, ob ich noch auf dem roten Polster saß, und dann lachte er, lachte strahlend und glücklich, lachte die Lastwagenfahrer hinter ihren Lenkrädern an, lachte seine Rikschagenossen, lachte die Pferde und Kühe an, lachte die Süßspeisen hinter den gläsernen Vitrinen, lachte die Krähen auf den Müllhaufen an, lachte in das Gold und Silber, das allenthalben in Stoffe, in Süßspeisen gemischt ist, Tempel, Ohrlöcher, Fußknöchel, Zöpfe, Affenschaukeln, Pferderückendecken schmückt. Er lachte, weil er glücklich war, weil jemand in seiner Rikscha Platz genommen hatte, der ihm Anlass zum allerglücklichsten Lachen gab. Er fragte sich zur Faizabad Road durch, fragte Polizisten, fragte die Priester in den Straßentempeln, fragte Mädchen auf Fahrrädern, fragte Kinder auf Eselskarren. »Faizabad Road! Faizabad Road!«, rief er im Fahren. Die Schweine lachte er an, die vor ihm die Straße überquerten, die Bettler lachte er an, die seinen Weg kreuzten. In ganz Lucknow hallte der Name der Faizabad Road wider. Ganz Lucknow sollte wissen, dass seine Kundinnen in die Faizabad Road gebracht werden wollten, und den frechen Ausrufen, die sein stürmisches Vorpreschen bei den alten Rikschafahrern hervorrief, legte er kein Gewicht bei. Er fuhr an der Residency vorbei, jener im Jahre 1857 von den Indern in Brand gesetzten englischen Stadt, von der nur die Grundrisse und Ruinen übriggeblieben sind, einer englischen Stadt innerhalb einer uralten muslimischen Stadt, dem Schatten einer Stadt, aus deren englischen Bäumen das Trillern und Zwitschern der

Nachtvögel in die heiße Luft drang. Aus den Ruinen der einstigen Ballsäle flogen Fledermäuse. Der Ruß hing immer noch am Gemäuer, und die Kaminsimse waren noch zu sehen, an denen sicher so mancher Offiziersellenbogen gelehnt hatte. Und nun zwitscherten hier nur noch Vögel.

Warf der Rikschafahrer seinen Kopf zur Seite, was er mit heftiger Bewegung immer wieder tat, dann spuckte er in weitem Bogen aus, strich sich mit einer messerscharfen Bewegung seiner rechten Hand den Schweiß von der Stirn und zeigte im Profil sein schmales Gesicht mit den breiten, harten Wangenknochen, die weißen Zähne, seinen entfachten, glühenden Blick, den er stolz, den er geradezu übermütig glücklich auf das pulsierende Leben richtete. Die Kraft, mit der er seinen Kopf in den Nacken warf, war unbändig und herausfordernd, und als er sich wieder umwandte, lenkte er meinen Geist plötzlich dorthin, wo er bisher keinen Zugang gehabt hatte: in die Dimension des Glückes. War sein offenes, freies, leuchtendes Lachen nicht einer jener Sterne, an die wir den Wagen unseres Lebens spannen sollten? Sein Lachen gab mir ein, dass man bei den Menschen nicht nach *ihrer* Seele, sondern nach der Seele eines Gottes suchte. Dieser Mann lachte ein Lachen, das sich selbst verzehrte. Es trat in seinen Mund, um dort einfach aufzuleuchten, als Beweis dafür, dass, wie Léon Bloy schreibt, »jedes menschliche Antlitz eine genau bezeichnete Paradiespforte ist, die mit keiner anderen Himmelstür zu verwechseln ist und niemals von mehr als einer einzigen Seele durchschritten werden kann«. Dieses Lachen war das große Werk des Rikschafahrers, der erfüllt war von dem Geheimnis aller menschlichen Regungen, eben dem Lachen. Ein ewiger Sinn lag darin, schön und rätselhaft wie das Aufglänzen der Sterne am Himmel. »Es gab mal eine Königstochter«, erzählt Robert Walser, »die nie zum Lachen kam. Sie schaute wie ein Stein drein. Immer gleichmäßig. Sie war von Jugend an daraufhin erzogen worden, stets gleichmäßig dreinzuschauen. Wenn sie die anderen seufzen, lachen, listig usw. in die Welt schauen sah, verursachte ihr das eine unerklärliche Bangigkeit. Sie bekam direkt Angst vor sich. Da ließ sie inserieren, dass sie den, der sie herzlich lachen machen könne, zum Mann wählen wolle, und da meldete er sich. Es war ein Handwerksbursche, nur scheinbar bisschen ein Dummer. Kaum sah sie ihn, so musste sie laut lachen. Aber nun wollte sie deswegen doch nicht seine Frau werden. Ihr Stolz bäumte sich gegen den Gedanken, einen Schneider zu heiraten, hochauf. Aber sie bekam und nahm ihn doch.«

Ich saß neben der quallenweichen Ms Bill, die böse und verächtlich die Bahnen des Rikschafahrers verfolgte, und wartete schon auf die Rückwendung seines Kopfes, den er so jungenhaft wild in den Nacken warf, als fühle er Flügel am Rücken, die ihn wundervoll sicher und windschnell über die nächtlichen Straßen trugen. In der Höhe seines linken Wangenknochens war eine Narbe eingekerbt, die seinem kindlichen Gesichtsausdruck eine dunkle Kühnheit, etwas Unberechenbares und Waghalsiges gaben. Es war ihm anzusehen, dass er sich schon oft in seinem Leben hatte verteidigen müssen, schon oft um seine Rikscha und seine Mahlzeiten gekämpft hatte, dass er in dieser harten Stadt wie ein Hund behandelt wurde, dass er sich aber auch immer wieder wie ein Hund aus den Angriffen herausgekämpft hatte, mit einer neuen Narbe am Körper, einem weiteren Loch im Hemd, einem neuen Riss in der Hose. Er hatte sich immer wieder getollt, war mit seinem Lachen auf seine Rikscha gestiegen, hatte sich unter einer Pumpe Wasser über den Kopf laufen lassen und war auf der Suche nach Kunden weitergeradelt.

Schließlich hielt er in der Faizabad Road vor den hohen Gartenbäumen, zwischen denen sich das Tor zum Stadthaus des Maharadschas öffnete, hielt an mit dem Schwung eines Leistungssportlers, der als Erster ans Ziel gelangt ist. Er stieg von seiner Rikscha ab, trat auf die Seite und wischte sich noch einmal mit dieser scharfen Handbewegung den Schweiß vom Gesicht. Ich half der alten Ms Bill von dem wackligen, lebensgefährlichen und berauschenden Gestell, das sie pustend und schimpfend verließ. »Er hat keine Rupie verdient«, sagte sie, während sie aus ihrer Brusttasche ein paar Scheine hervorkramte. Meine Tante jedoch, die ihre eigene angeborene Gabe in ihm entdeckt hatte, nur dass sein Gelächter noch viel freier als das ihre war, legte ihm weitere Scheine in die magere Hand. Straßenjungenhaft stand er da, stolz und schön, nahm das Geld, faltete es dreimal und umwickelte es mit einer Kordel, die er von seinem Hals genommen hatte. Für einen Augenblick standen die Tante, der Rikschafahrer und ich still, als ob nun noch etwas geschehen müsse, doch dann folgten wir der alten Ms Bill, die durch das hohe Portal schlurfte, wo ein Diener ihr mit einem Stock für sie entgegenkam.

Das Dickicht der alten Bäume verschloss mit einem Mal die schmutzige, labyrinthische und laute Stadt hinter uns. Wir traten ein in nächtliche, wasserbesprengte Laubkühle. »Vergiss nicht, das Haus zu loben, die Einrichtung, die Dekorationen, alles«, empfahl mir die Tante auf dem Kiesweg, der zu den breiten, hohen Eingangsstufen des im Palladiostil gebauten Hauses führte. Das Tor hatte sich mit schepperndem, nachhallendem

Geräusch hinter uns geschlossen. Hohe Mauern umfriedeten das Grundstück, wo Pelikane umherstolzierten, Goldfische in runden Teichen schwammen und große schwarze Hunde auf den weißen Marmorplatten der Terrasse lagen. Aus dem Inneren des Hauses war kläffendes Bellen, war das Auf-und Zuklappen von Türen, war das Gezwitscher Hunderter Vögel zu hören, die in Käfige gesperrt waren, welche in der atriumsgroßen Eingangshalle an den Wänden hingen. Man spürte die Anwesenheit eines ganzen Dienerheeres, denn es huschte, ging, lief und rannte durch Säle, Räume, über Treppen, hinaus und hinein. Ein Marmorbrunnen plätscherte dunkle Ahnenbilder an, die an den Wänden zwischen den Vogelkäfigen hingen.

»Nice and cool«, stellte die alte Ms Bill fest, was hieß, dass sie unter ihresgleichen angekommen war. Sie stützte sich mit all ihrem Gewicht auf den schlanken Arm des jungen Dieners, der ihr wohl für diesen Abend zugedacht war, als Stock aus Fleisch und Blut. Er drückte seine nackten Füße vorsichtig auf die blitzblanken Marmorstufen, die zu dem hohen Empfangssaal im zweiten Stock führten, in dessen schwarzem Möbeldickicht, zwischen hohen chinesischen Vasen, Zimmerpalmen, *deux à deux*, abblätternden Familienporträts und verstaubten Stoffen die kleine, in einen knallpinkfarbenen Sari gekleidete Maharani auf riesigen Stöckelschuhen stand, ein leibhaftes Denkmal ihrer selbst. Der Sari verbarg in seiner Transparenz nicht die Fettrollen um die Taille der aus dem nepalesischen Königshaus stammenden Ramdevi, die uns mit einem maskenhaften Gesicht entgegenblickte, das von einer dicken Puderschicht zusammengehalten wurde. Ihre schwarzumrandeten, im Belladonnaglanz leuchtenden Augen blickten traurig aus dieser Puderfläche, aus der ihre Nase wie ein kleiner weißer

Stein ragte. Als sie uns mit ihrem lackrotgeschminkten Mund ein Willkommenslächeln schenkte, fürchtete ich um den Zusammenhalt des pudrigen Ovals ihres Gesichts. Lächeln? Das Lächeln der Maharani war ein trauriger Vorgang. Ihre Mundwinkel hoben sich mit einer so clownesken Melancholie, dass man versucht war, ihr entweder sofort zwei Ohrfeigen zu verpassen oder ihr einen langen Kuss zu geben. So fett und traurig stand es also um die Prinzessin aus Nepal, aufgewachsen in einem von der Außenwelt abgeschlossenen Königshof, wo Ritus und Langeweile ihr Leben beherrscht hatten. Neunzehn Jahre hatte sie am nepalesischen Königshof verbracht, gebadet, geschminkt und geschmückt von ihren Dienerinnen, bis der kleine Maharadscha aus Uttar Pradesh sie zur Frau nahm und ihr ein Leben auf seiner Burg aus grauem Kalkstein bot. Sie war eine von Soldatenstimmen widerhallende Festung mit fast griechischen Tempelstufen, eine Festung voll Bienengesumm, voll Bienenwaben, voll Honig, Honigwabengeruch und voller Fledermäuse. Diese hingen tagsüber als staubgraue Säckchen an den hohen Decken der zahllosen verlassenen Säle, Räume und Kammern im heißen Windzug, im Taumel ihres Tagschlafes und im Gefältel ihrer widerlichen Flügel vor sich hin schaukelnd, zum Grauen der Maharani, doch zum Entzücken des kleinen Maharadschas, der an Festtagen ein Zepter in der Hand hielt und auf einem silbernen Löwenthron saß. Es war eine Festung voller Mückenschwärme, Geckos und Wanzen, voller zahnloser ausgedienter Soldaten, Diener und Hunde, voller Vogelnester und uniformierter Wächter, die im Innenhof auf Pritschen schliefen und auf den Ruf des Maharadschas aus dem Erkerfenster warteten. Dies war kein Leben für die Nepalesin, die hochgepeppelt worden war von dienenden Frauenhänden, genährt von Süßspeisen, umspielt von vier Schwestern, wie Siddhartha gefangen am Königshof, ohne Ausblick, ohne Ahnung, was jenseits des Hofgemäuers geschah, stets bedroht von der vorausgeahnten Tragödie, die schließlich in der Ermordung des Königs gipfelte. Eine Prinzessin voller Angst, lüsterner Trägheit und Fresssucht, lebte sie auch an der Seite ihres Ehemannes hinter Mauern, den Blicken aus dem Burgdorf verborgen, den Lästereien der drei Schwägerinnen ausgesetzt, die ganz anderen Schlages waren als sie. Es waren drei Männerfrauen mit heiteren, harten Gesichtern, mit kleinen, gelenkigen Körpern, mit frechen Mündern, geübt im Schießen, im Reiten, im Kommandieren, im Kochen, im Spielen, im Scherzen, im Gemüsepflanzen, im Tanz, in der Arroganz und im Glauben – drei schöne Frauen, die wussten, wie man mit dem Leben umgeht. Sie hatten miterlebt, wie ihrem Vater die königliche Macht entwendet und er unter die Herrschaft der Briten gestellt wurde, wie der Vater im Trunk gestorben war und seinen Kindern das kleine alte Reich verschuldet zurückgelassen hatte. Vor allem die Schwestern hatten damals die heruntergekommene Festung und die Kleinherrschaft wieder aufgebaut, mit männlicher Kraft und weiblicher Lust, stets ein Gewehr am Bettrand, im Kopf die vergangene Großmacht ihrer Vorfahren und den Zauber eines Hoflebens, das sie dann mühsam wiederbelebten. Es waren Frauen, die auf Bäume klettern und Äpfel von Zweigen schießen konnten, Tätigkeiten, von denen die Nepalesin allein durch ihre Körperfülle und Kurzsichtigkeit ausgeschlossen war.

Eine feine Perlenkette lag dicht um die unterste Halsfalte der Maharani, kleine Diamanten hingen an ihren Ohrläppchen. »Oh, my dear«, rief sie aus, »how lovely!« Sie kam mir ganz nah, nahm mich in ihre weichen Arme und küsste mich auf die Wangen, ein Kuss, der etwas Feines und Stempelhaftes an sich hatte, während aus den Poren ihrer Backen der Pudergeruch drang. »Lovely«, rief sie wieder, »lovely!«, als sie den Strauß lilafarbener Fingerhüte entgegennahm, hinter dem ihr Gesicht verschwand.

Dem Ratschlag meiner Tante folgend, ging ich von Tisch zu Tisch, von Anrichte zu Anrichte, von Bild zu Bild, von Nippesfigur zu Nippesfigur, von Hochzeitsfotos zu Prinzenporträts, von Porzellanhasen zu Glasschnecken, von Kristalllampen zu Siva-Statuetten und zeigte mit meinen Blicken und Worten, wie sehr mir das alles gefiel, was die Maharani da zusammengesammelt hatte. Ich trat ans Fenster, um auch den Blick in den Garten zu loben, als ich hinter den Gitterstäben des Tores den Rikschafahrer sah. Er hatte einen Ellenbogen auf das Lenkrad gestützt und starrte auf die weiße Fassade.

Die Maharani war, wie viele Frauen aus der indischen Oberschicht, eine Anhängerin des Guru Sai Baba. Sie klammerte sich an ihn, als sei er ihr von oben beigeordnet worden als ihr persönlicher Schutzheiliger, wo er doch Millionen an der Nase herumführte. Während ich meinen Höflichkeitstribut entrichtete, indem ich lobte, was mir in diesem Fossiliensaal unter die Augen geriet, schwärmte sie von einem Besuch bei dem lockigen Gauner, der unter seine Anhängerinnen kleine Bonbons verstreute, von denen Ramdevi schon einen ganzen Sack voll hatte, heilige Bonbons, die sie niemals verzehren würde.

In einem mit persischen Teppichen ausgelegten Teezimmer tranken wir den Aperitif. Eine Freundin der Maharani kam dazu, und Ramdevi schien jetzt glücklich. Sie saß neben der

Hausbar, einem kleinen Rolltisch, auf dem alle möglichen Alkoholika zu einem Regiment angeordnet waren, das ihr ganz allein unterlag. Sie, die für ein Leben im Bett geboren war, lagerte auch jetzt bequem auf den Sofakissen und sog eine Rumcola mit einem Strohhalm ein, den sie zwischen den Schneidezähnen festhielt. »Das ist so ein Körper, auf den man mit langen, dünnen Nadeln einstechen möchte«, flüsterte die Tante mir zu, als die Maharani aufquietschte bei der Vorstellung, sich auf eine Reise zu begeben. »Ich, reisen?«, rief sie mit hochgerissenen Augenlidern. »Wie soll ich mit meinem Bauch und auf meinen hohen Absätzen in ein Flugzeug steigen? Solange ich nicht abgenommen habe, werde ich nie, niemals verreisen, niemals!« Das grässliche Gequietsche erklang wieder. »Wie kann man nur so dick werden?«, rief meine Tante. »Ach, das ist so leicht, wenn man so lebt wie ich. Stellen Sie sich vor, dass ich nur einmal in meinem Leben mein eigenes Bett gemacht habe, und das war zu meinem Besuch bei meiner Tochter in Boston!« »Poor thing«, flüsterte die alte Ms Bill, »sie kommt ja aus einem wirklich großen Königshaus, und wir alle verstehen, wie sie sich hier fühlen muss.« Ramdevi senkte die Lider und legte den rechten Fingernagel auf die Lippen. »Alle Stufen der Welt sind zu hoch für mich«, sagte sie, am Strohhalm saugend, »sie sind mir einfach alle zu hoch! Und auf der Burg erst recht! Wenn ich noch jemals nach Moth zurückkehren sollte, dann nur unter der Bedingung, dass man mich die Stufen hinaufträgt. Und wie langweilig es dort ist, und dieser blöde Generator, den sie erst abends anwerfen, so dass ich während des Tages nicht einmal fernsehen kann, und aus jedem Fenster sieht man nur Felder, Felder und wieder Felder, Ochsen, Ochsen und wieder Ochsen, und ich sitze ganz allein da! Nein, auf die Burg gehe ich nicht mehr zurück! Mein Mann hat dort ja etwas zu tun! Er führt seine Wahlkämpfe und kümmert sich um sein Dorf, aber ich? Er lässt mich ja sowieso Tag und Nacht allein. Manchmal sehe ich ihn wochenlang nicht, und nur wenn ich ein Kartenspiel mit ihm anfange, kann ich ihn vielleicht für eine Nacht dabehalten, aber auch das nur, wenn er weiß, dass er gewinnen wird. Würde ich ihn nur einmal verlieren lassen, dann sähe ich ihn nie wieder!«, rief sie aus. »Außerdem herrscht jetzt dort eine tödliche Dürre«, unterbrach sie die Freundin, »seit zwei Jahren hat es nicht geregnet. Die Bauern verlassen das Dorf, um in die Stadt zu gehen. Die Tiere sterben weg.« »Bohren«, rief die Tante, »es muss in den Grund gebohrt werden!« »Diesen Frühling hat er ja damit begonnen, aber es ist schon zu spät«, sagte die Freundin, die sich bestens in den Familienangelegenheiten auszukennen schien und sich eine lange rosafarbene Zigarette mit silbernem Mundstück zwischen die Lippen steckte, den Rauch inhalierte und uns durch den Nebel mit einem übertrieben liebevollen Blick ansah. »Glauben Sie nicht, dass wir nichts tun. Wir tun alle viel Gutes! Ich gebe jeden Nachmittag den Kindern aus meinem Dorf Unterricht, jeden Nachmittag von vier bis sieben Uhr gehe ich in das Dorf und warte auf sie, aber glauben Sie, die würden alle kommen? Oft stehe ich in einem völlig leeren Klassenzimmer, weil das eine Kind mit seiner Ziegenherde unterwegs ist, das andere auf seine kleinen Geschwister aufpassen muss, das dritte seinen Eltern auf dem Feld helfen muss, und weil die Eltern nicht verstehen wollen, dass ich ihren Kindern helfen will, dass ich ihnen Lesen und Schreiben beibringen will.« »Ich muss Tiku anrufen«, rief Ramdevi aus, die einen verständnislosen Blick auf die Freundin gerichtet hielt. Wenn es etwas geben musste, das sie noch mehr als alles andere langweilte, so waren das Gespräche dieser Art. »Charran! Bring mir das Telefon!«

Der junge Diener, ein kleinwüchsiger Mann mit einem mädchenhaften Schmelz auf dem glatten und schnurrbärtigen Gesicht, erschien mit einem Handy. Ramdevi presste die Kuppe ihres rechten Zeigefingers, dessen spitzgefeilter und rotlackierter Nagel etwas Drohendes an sich hatte, auf die Tastatur dieses Geräts, das in ihrem Leben die höchste Rolle zu spielen schien. Wie bei Mr Bill der Hitachi 1080 den Platz des Hausaltars eingenommen hatte, war das Telefon in Ramdevis Leben an die Stelle des Hausgurus getreten. In die Telefonmuschel sprach sie ihre Verzweiflung über ihren fetten Körper, über den abwesenden Maharadscha, über ihre Gelüste, und aus dem Hörer vernahm sie das Geläster ihrer Freundinnen über die Gastgeberinnen der großen Häuser in Lucknow, über missglückte Ehen, misslungene Kinder und Enkel, über hässliche Innendekorationen, schmutzige Schwimmbäder und hinterhältige Diener. Hielt sie das Telefon ans Ohr, klärte sich für diese Zeitspanne der traurige Blick. Das Gerät diente ihr zur Kontrolle über ihren Mann und, durch das Geläster ihrer Freundinnen, als trostspendendes Beweismittel für die Unzulänglichkeit aller indischen Gesellschaftsdamen, mit denen sie direkt oder indirekt verwandt oder bekannt war. Sie drückte so zart und kindlich vernarrt auf die Telefontasten, dass einen, zugleich mit der Verachtung angesichts des Schwachsinns, diesem Instrument eine solche Bedeutung beizumessen, auch Mitleid überfiel, für ihren so sinnlos roten Fingernagel, für ihre Eigenart, das Telefon erst zu mustern, bevor sie auf die Grüntaste tippte, um dann ins Leere zu horchen. Wie sie mit einer bürodamenhaften, eiligen Bewegung den Hörer unter ihre rechte Schläfenlocke drückte, wie sie die Sprechmuschel in großem Abstand von ihrem kleinen Mund hielt, zeugte von dem gesellschaftlichen Rang, den sie dem Telefon einräumte, dem einzigen Gegenstand, den sie beherrschte, dem einzigen Fetisch, der sie beherrschte. Mit dem Handy in der Hand war sie die Maharani, die sie sein wollte, eine selbstsichere, strenge, aushorchende, neugierige und hämisch auflachende Maharani. Nur mit dem Handy in der Hand verstand sie es, der Person am anderen Ende der Leitung ihren Rang und ihre königliche Einzigartigkeit klarzumachen.

Ihr Mann antwortete nicht. »So ist es immer mit ihm«, seufzte sie, »er macht sich einen Scherz daraus, sein Handy auszuschalten, wenn er sieht, dass ich es bin.« Da betrat Ramdevis Sohn das Teezimmer, ein Mann von vierzig Jahren, der im Alter eines dreijährigen Kindes stehengeblieben war. Er war eine waberige und gelbliche Fleischmasse mit zernagtem, in sich asymmetrischem Gesicht, mit schielenden und weit auseinanderstehenden Augen, einem abfallenden bärtigen Kinn und einem wulstigen, sabbernden Mund. Fetter noch als seine Mutter, kleiner noch als sein Vater, war er der einzige männliche Nachkomme des Maharadschas von Moth. Mit seinen verdrehten Augen patschte er auf Plattfüßen durch den teppichbelegten und lüsterbehangenen Raum, den Hemdzipfel seines kaffeebraunen Kurtapyjamas als Nuckeltuch im Mund. Er watschelte auf seine Mutter zu, stellte sich hinter sie und drückte ihr von oben sein gelbes Gesicht, sein pomadisiertes Haar in den Ausschnitt. Er presste seine Lippen auf ihren Hals, kicherte in ihren duftenden Nacken, in ihr schwarzes, schwarzes Haar und beäugte, den Kopf hinter den Locken der

Mutter verborgen, die Gäste, die dort auf den *deux à deux* saßen und ihm zaghaft zulächelten. »Los, mein kleines Fetterchen, los, mein Schwämmchen, begrüße unsere Gäste und gib ihnen schön die Hand!« Bei diesen Worten kicherte er wieder in den Rücken seiner Mutter und hauchte mit seinem Atem das freie Stück Fleisch an, das aus der Saribluse hervorsah. Ihre bogenförmig gezupften Augenbrauen zogen sich zusammen. »Come on, babyboy, say hello to the ladies!«, wiederholte sie mit nun gereizter quiekender Stimme, worauf der letzte Moth auf allen vieren auf mich zukrabbelte und seinen schweren Kopf in meinen Schoß legte. Er klammerte sich mit seinen molluskenweichen Händen an meinen Oberschenkeln fest und küsste meine Beine. »Stop it, baby, now stop it!«, rief die Maharani mit breitem Gelächter, beugte sich aus dem Sofa hervor und ergriff den Hemdsaum des Sohnes, an dem sie zog und drehte, ohne dass er sich rührte. »Er ist ein Baby, er ist noch ein richtiges Baby! Er kann sich einfach nicht benehmen, mein Dickerchen! Stimmt's, mein Würmchen, my little dummy?«

Er hatte sich mit den Lippen an meinem Rockstoff festgesaugt und hörte die Worte seiner Mutter gar nicht. Der Diener wurde gerufen. Er lief mit eiligem Schritt herbei und lockerte mit geübten Gesten die in meine Schenkel gekrallten Finger, und ich liebte das Gesicht des Dieners, dessen Anblick mich für einen Augenblick von dieser tragischen Sippe erlöste. Ich wandte mich an ihn wie an den Einzigen, der es wert war, hier geküsst zu werden. Er drückte den letzten Nachkommen des Maharadschas, diesen königlichen Klotz, auf das Sofa neben die Mutter und verschwand mit dem Ernst, mit dem er eingetreten war, einem respektvollen, aber überlegenen Ernst.

Ramdevi nahm den Kopf ihres Sohnes und drückte ihn mit Gewalt in ihren pinkfarbenen Schoß, streichelte über sein Haar und klopfte ihm die Wangen ab. »Wo ist denn dein Telefon?«, fragte sie ihn zärtlich. Dann wandte sie sich an uns, mit geflüsterten Worten, als handele es sich um ein Geheimnis: »Gestern habe ich ihm ein Handy gekauft. Monatelang hat er mich damit gequält, nicht, mein Dickie? Zeig den Gästen dein Telefon! Wo ist es denn?« Sie tastete seinen Körper danach ab, zog dann aus seiner tiefen Hemdtasche ein rotes Handy und hielt es an sein Ohr. »Baby? Baby?«, rief sie. »Can you hear me?«

»Wäre es für kriminelle Eheleute nicht die furchtbarste Strafe, ein Ungeheuer in die Welt zu setzen? Es gliche das der Geschichte Adams und Evas, welche den Gottessohn erzeugten. – *Ego sum vermis et non homo: opprobrium hominum et abiectio plebis …«* (Ich aber bin ein Wurm und kein Mensch, ein Spott der Leute und Verachtung des Volks. Ps. 22,7), las ich noch in derselben Nacht im Tagebuch von Léon Bloy. Mir schien dieser Satz auf den Sohn des Maharadschas zuzutreffen. Mit ihrer im Lauf von Jahrhunderten erbauten Festung, mit ihrem Sinn für Schönheit, mit ihren seit Generationen angehäuften Lastern und Schwächen, mit ihrer Eitelkeit und ihrem übersteigerten Rangdenken waren der Maharadscha und die Maharani Schuldige. Man erschrak vor der Gerechtigkeit Gottes, der sie mit der Geburt des letzten Moth bestrafte, indem er den Kern des Königsgedankens, einen gesunden, männlichen Nachkommen zu zeugen, zerstört hatte. Mit diesem als Wurm geborenen Sohn wurde die jahrhundertelange Familientradition zunichtegemacht. Schien es auch gerecht, so war es doch traurig.

Nach dem Tod des Maharadschas würde sein kleines Reich ausgelöscht sein, doch noch saßen die letzten Blutsverwandten an dem langen Esstisch beisammen, saßen vor jenen mit Sheffieldglocken überdachten Schüsseln, aus denen schon der Vater des Königs gegessen hatte. Wie silberne Kirchenkuppeln wölbten sich diese Glocken über den ganzen Tisch, der mit seinem Geschirr und Besteck von jener Zeit sprach, da die Inder den Gebrauch von Messer und Gabel, von Gläsern, Tellern und Sheffieldglocken übernommen hatten. In dieser Übernahme der Verwendung von Tischgeschirr lag bereits die erste Auslieferung an die ausländische Macht, doch inzwischen waren das blaue Porzellan und das Sheffieldgeschirr zu einem Tribut an das britische Empire geworden, das den Vater des Maharadschas in den Tod getrieben hatte und das sein Sohn inzwischen betrauerte.

Der Maharadscha von Moth, der wie Mr Singh Bill unter der britischen Herrschaft aufgewachsen war, klebte mit Haut und Haaren an all den Relikten, die diese zurückgelassen hatte. Aus dieser Liebe zu den Engländern, zu ihren Sitten, Clubsesseln und Nippesfiguren war ja dieses innenarchitektonische Gebräu aus Mogulfenstern, Paschakissen, Alabasterlampen und aus Couchtischen, Klosettdeckeln mit Frottierüberzug und Barschränken hervorgegangen.

»Please«, sagte Ramdevi, als sie auf die von den Dienern entkuppelten, dampfenden Schüsseln deutete, doch ich bat um Entschuldigung und erhob mich noch einmal, um in den Empfangssaal zurückzukehren und aus dem Fenster zu schauen. Der Rikschafahrer stand immer noch vor dem Tor, den Ellenbogen auf das Lenkrad seines Fahrrads gestützt.

Während der Mahlzeit standen die Diener um den Tisch

herum. Sie gingen geneigt, und ihr Blick lag ernst auf den kauenden Mündern. Sie gaben auf und schenkten ein, sie füllten den Raum mit ihrem Atem und ihrer Liebe, denn dass sie den Maharadscha und die Maharani liebten, das war ihnen anzusehen, so wie ihnen ihre Liebe zu den Blumenvasen, den gerahmten Fotografien und den Kristallschnecken anzusehen war, die sie täglich abzustauben und als königliche Hoheiten zu behandeln hatten. Sie waren wohl die einzig Glücklichen im Haus, sie dienten und verehrten und richteten ihren Blick auf die Lippen der Königin, deren mit Fleischbällchen gefüllter Mund in einem fort redete: »Wenn die Antiquitätenhändler nicht wären, dann würde ich in diesem Haus vor Verdruss sterben, so aber freue ich mich immer, wenn sie kommen und mir ihre Bilder und Möbel zeigen. Ich weiß ja, dass diese Halunken meine Langeweile ausnutzen und mich nach Strich und Faden betrügen, aber was soll ich denn machen? Sie sind meine einzige Ablenkung, da mein Mann doch fast nie da ist und mir nicht einmal bei meinen Verhandlungen hilft! Zum Glück habe ich jetzt Smoothy, meinen Neffen aus Jaipur, der vor kurzem in den Antiquitätenhandel eingestiegen ist und mich bei meinen Einkäufen berät. Smoothy ist ein Schatz. Er baut gerade den Palast meiner Freundin in ein Luxushotel um, für das er auch den Prospekt gestaltet hat, alles mit alten Familienfotos. Er ist ein Designergenie, und wenn mich mein Mann nur lassen würde, dann würde ich Smoothy den Auftrag geben, aus unserer Burg ein Heritage Hotel zu machen. Die gehen jetzt so gut in Indien! Meine Freundinnen verdienen Millionen damit, und ich muss auf unserem alten Kasten sitzenbleiben, nur weil mein Mann weiter den Maharadscha spielen will. Das könnte er in einem Hotel doch viel besser! Wir hätten das Geld wirklich nötig, bei all den Ausgaben, und ich hätte endlich etwas zu tun, könnte mich mit Smoothy um die Einrichtung kümmern und ... aber er kann Smoothy nicht ausstehen.« »India is changing«, fuhr die Freundin dazwischen – das war das große Wort des Tages –, »aber aus der Burg ein Hotel zu machen, das finde auch ich geschmacklos. Wer seid ihr denn? Hoteliers?« Jetzt gurrte Ramdevi, so laut sie konnte, und ich saß da und spielte große Welt. Ich kann so schön mit aufrechtem Rücken dasitzen, wenn ich will, und etwas Weises und Überlegenes in meinen Blick legen, was mir großes Vergnügen bereitet, da ich weiß, dass sich weder weise noch überlegene Gedanken hinter meinen Augen regen. Ich sitze der Eleganz halber so elegant da.

»My baby loves icecream« – eine Kristallschale voll giftfarbener Eisbälle, in Grün, Rosa und Blau, war auf dem Tisch erschienen –, »and I love it too.« Dass Ramdevi ein unglückliches Verhältnis zu Süßspeisen hatte, das war ihrem lüsternen kleinen Mund, ihren satten Augen, ihrem Körper anzusehen. Doch nun zu beobachten, wie sie mit ihrer Zungenspitze das Eis aus der Löffelmulde leckte, wie sie dem missgestalteten Sohn an ihrer Seite ebendiesen Löffel zwischen die Lippen schob, wie sie dabei vor Vergnügen quietschte, wie sie wieder nach der Schüssel griff, das trieb einem vor Verachtung die Tränen in die Augen. Kindlich und freiherzig gestand sie: »I spend my nights with the icebox.« Der lange silberne Süßspeisenlöffel mit dem auf dem Stiel eingravierten Wappen ihres Mannes bildete eine permanente Verlängerung ihres Zeigefingers und ihres Daumens, die sie auch während ihrer gierigen Fressanfälle nie damenhaft zu halten vergaß.

All ihre Süßigkeiten, erzählte sie mit dem Finger vor ihrem lutschenden Mund, ließ sie eigens aus Bangalore kommen.

Diese Genüsse wurden hinter Verschluss in einem großen Rosenholzschrank aufbewahrt, der dunkel hinter ihrem Rücken stand. Lachend schob sie den schärpenhaft quer über die Brust gefalteten Teil ihres Saris beiseite und deutete auf einen Schlüsselbund, der an der Kordel des Sariunterrockes befestigt war. »All my power lies in these keys.« Uns zu Ehren löste sie den Schlüsselbund von ihrer Taille und schloss den Schrank auf, der die Vitrine von Ladurée in Paris bei weitem an Farbenpracht, Kästchen- und Schachtelaufbaukunst, an Pralinen- und Seidenpapierschattierungen übertraf. So umständlich sie die Schranktüren für uns geöffnet hatte, so umsichtig schloss sie sie wieder, mit einem in ihren Augen aufblitzenden Seitenblick auf die vor der Küchentür stehende Dienerschar. Sie musste um diesen Schatz, dem sie die einzige Süße ihres Daseins entnahm, sehr fürchten. Die Freundin lachte mit jener höhnischen Nachsicht, die ihre von Reverenz durchtränkte Verachtung für Ramdevi bloßlegte, nur die Diener beobachteten das Treiben ihrer Herrin mit bewunderndem Ernst.

»Die Schokolade verwende ich auch für meine Schönheitsmasken«, gestand die Maharani, und so kannten wir nun ihre drei Leidenschaften: das Sammeln von Antiquitäten, den Verzehr von Süßspeisen und das Zubereiten von Kosmetika. Auch hierin war sie eine kleine Autorität. Von Schokoladensorten wechselte sie über zu Gurkenpackungen, Rosenwasserspülungen und Kichererbsenpeeling, wobei sie das Schönheitselixier ihrer Mutter preisgab: »Mix glycerin, rosewater and lemon juice to a cream and use it daily to have the result!« Ich schrieb in einem gewissen moralischen Zwiespalt die Rezepturen Ramdevis auf, deren larvenhaftes Gesicht unter der stuckweißen Puderschicht, durch die nun langsam die Spuren ihrer Falten sich abzeichneten, nicht für die Wirkung ihrer Mittel sprach. Unterdessen dachte ich an die dicken kleinen Sommergurken in unserem Garten, aus denen meine Tante so herrliche Salate zu machen verstand. Papaya, Karambolafrüchte, Mandeln, Honig, Buttermilch, Lotussamen, Rosenblätter, Myrrhe, Aloeholz, Buchsbaumsaft, Ambra: Die Maharani präsentierte ein Schönheitselixier nach dem anderen, doch sie wurde barsch von ihrer Freundin, die noch fetter als Ramdevi war, unterbrochen. »Who believes needs no cremes and masks«, sagte sie mit trockener Stimme, die mit einem Schlag den Kosmetikzauber aus dem Raum fegte. Papayas sollten gegessen und nicht aufs Gesicht gestrichen werden, fügte sie mit einem Blick auf meine Tante hinzu, die wie ich durch die Beschwörung von Rosen und Buchsbaum an ihren Garten dachte und die Worte der Freundin überhört hatte. »Papayas«, wiederholte ich, »soll man essen und nicht aufs Gesicht streichen, sagt die Dame, und was meinst du dazu?« »Papayas sind etwas Wunderbares, sowohl im Magen als auch auf dem Gesicht. Darüber sollte man nicht streiten.« Die Maharani dankte ihr mit einem liebevollen Blick, während es einigen Schweißtropfen gelang, sich durch den Puder auf ihren Wangen einen Weg zu bahnen und dem Gesicht eine lebendige Note zu verleihen. Auch unter ihren Augen begann es aufzuweichen, schwere, dunkle Augenringe bloßlegend. Die Freundin war gereizt: »Außerdem sind heutzutage alle Papayas in Indien gespritzt. Sie sind weder für den Magen noch für das Gesicht geeignet. Papayas und Mangos werden heute grün geerntet und in ein schreckliches Gift gelegt, das sie über Nacht reifen und ungenießbar werden lässt.« »Aber ich verwende für mich *nur* Papayas aus unseren Plantagen«, erwiderte die gekränkte Ramdevi. »Eure Plantagen sind doch am Vertrocknen.« »Tiku bringt mir aber immer Papayas mit, und deswegen fahre ich ja auch nicht mehr nach Moth, weil es da so trocken ist. Ich kann diese Dürre nicht ertragen. Bei der letzten Wahl habe ich Tiku während der Wahlkampagne einmal dorthin begleitet. Als wir in unserem Dorf aus dem Auto stiegen, kam ein alter verlauster Krüppel auf mich zu und zeigte mir die Beulen und offenen Wunden an seinen Beinen. Da konnte ich nicht anders und gab ihm hundert Rupien. Aber was meinen Sie, was die Männer gesagt haben, die um unser Auto standen? ›Election! Election!‹ Als ob ich einem kranken Greis mit hundert Rupien die Stimme abkaufen wollte! Das war entsetzlich! Ich fahre nicht mehr nach Moth!« »Wo dein Sohn die Burg so liebt!« »Wie verbringt er denn dort seine Zeit?«, wollte meine Tante wissen. »Der?«, quietschte die Maharani erneut. »Der spielt den ganzen Tag mit den Dienerkindern. Sie bringen ihm Murmeln, Steine und Autoreifen, und er leiht ihnen seine Spielsachen, und dann fährt er mit unserem Pächter auf dem Traktor. Traktorfahren ist für ihn das Schönste auf der Welt. Ginge es nach ihm, würde er den ganzen Tag Traktor fahren. Er ist ein so guter, lieber Junge, mein einziger Sohn …« »Ja, aber das ist doch …« »Ja, es war eine Tragödie«, vollendete die Freundin den Satz. »Tiku sagt immer: Gott hat mir alles gegeben, nur keinen gesunden Sohn. It *was* a tragedy!« »Und ich ahnte während meiner Schwangerschaft gar nichts, auch nicht, als meine Schwester, die zur selben Zeit schwanger war wie ich, mir immer wieder erzählte, wie sich ihr Kind in ihrem Bauch bewegte, während es bei mir ganz still und reglos war, aber ich dachte, das sei normal so, das Kind sei eben ein ruhiges, friedliches Kind. Als das Baby dann auf die Welt kam, wissen Sie, da sagte mir der Arzt: Auch dieses Kind ist ein Geschöpf Gottes. Gehen Sie mit ihm um, als sei es normal. Lieben Sie es wie ein gesundes Kind. Diese Worte werde ich nie vergessen, und ich habe mich immer an sie gehalten«, schloss Ramdevi, während sie eine klebrige Honigschleife in ihren Mund schob.

»Poor thing«, sagte die alte Ms Bill, die während des Essens nicht ein einziges Wort geäußert, sondern ihre ganze Aufmerksamkeit auf die Speisen in ihrem Teller gerichtet hatte, »poor thing«, wiederholte sie und rülpste. Die Kristalltropfen des Lüsters klirrten, als eine Taube durch ein Fenster hinein-, über den Tisch und durch ein anderes Fenster wieder hinausflog.

Als Ms Bill dann nach dem Abschied von der Maharani den lachenden Rikschafahrer vor dem Tor stehen sah, blickte sie ihn voller Hohn an. »So ein Halsabschneider«, sagte sie, als der junge Mann ihren inzwischen noch schwerer gewordenen Körper auf den Sitz hob und mich dabei anlachte, als hätte er etwas wiedergefunden, dessen Auffinden ihm bis dahin unsicher gewesen war. Auch ich lachte, berührt von seiner wundervollen Unerschrockenheit, seinem Mangel an Befangenheit, etwas jede Vernunft Übersteigendes. Vielleicht, dachte ich, ist es die Anstrengung, vernünftig zu sein, die einen ständig bedrückt – wir müssten hingegen die Hingabe lernen, die Hingabe, wie der Rikschafahrer sie in seine Pedale und in seinen Blick legte, während sein Körper mit aller Kraft das Gefährt lenkte, das ihm an diesem Abend ein Vehikel zum Glück war. Er fuhr sein Fahrrad wie einen Götterwagen gegen den Nachtwind und drückte lachend aus, was uns kaum je gelingt: die Schönheit göttlichen Lebens.

* * *

Zum Abschied legte meine Tante der alten Ms Bill das Buch von Jean Renoir über seinen Vater Auguste ans Herz, wie sie es bei jedem Abschied zu tun pflegte. »Renoir was the guy whose paintings seem photographies, wasn't he?«, fragte die Hausherrin, während sie der Tante ihre Wange zum Abschiedskuss hinhielt.

»Wir haben wirklich viel Geduld gezeigt«, schloss die Tante unseren wohl letzten Besuch bei den Bills ab, als sie mit ihrem Koffer aus dem Tor trat, um einen Wagen herbeizurufen, doch noch ehe sie die Hand gehoben hatte, winkte ihr der lachende Rikschafahrer entgegen. Er hatte die Nacht vor dem Haus der Bills verbracht, auf dem Fahrrad sein Lager im Schein der Nachtwächterflamme aufgeschlagen, und nun stellte er sich uns strahlend zur Verfügung.

Er band unser leichtes Gepäck auf seinem Rad fest, wandte sich, wie wir es nun schon von ihm kannten, wie ein Kapitän nach seiner Mannschaft um und fuhr los, hinein in den Verkehr von Lucknows Straßen, hinein in die heiße Wolke aus Abgasen, Kuhmist und dampfendem Teer.

Wie sah ein Leben aus, schoss es mir durch den Kopf, in dem mir so ein Gesicht wie das des Rikschafahrers nicht mehr erscheinen würde? Ich spürte aber, dass ich dem Rikschafahrer nichts geben und nichts nehmen konnte, dass unser so seltsames Einverständnis, unser Glück, ja vielleicht unsere Liebe nur in diesen Minuten der Fahrt zum Bahnhof lagen. Uns waren nur diese wenigen Augenblicke des Zusammenseins gegeben, in denen wir uns nichts sagen, uns nicht einmal ansehen konnten. Er trug mich auf seinem Fahrrad dahin, und wir lebten diese Augenblicke füreinander, doch als sich das rote Bahnhofsgebäude am Ende der Straße zeigte, nahte schon die Trennung.

Vor dem Bahnhof aber war das Gedränge der Ankommenden und Abfahrenden, der Gepäckträger, Rikschafahrer, Bettler und Hunde derart, dass für Schmerz kein Raum war. In Indien geht im Gedränge der Massen, im Tumult der Stimmen und des Lärmes vieles unter.

Der Rikschafahrer schüttelte seinen Kopf wie ein Hund und löste die speckige Kordel vom Gepäck. Wie ich nach meiner Tasche griff, schob er mir einen zusammengefalteten Zettel in die Hand. Als ich das weiche Stück Papier wie ein glühendes Kohlenstück in meiner Faust spürte, überkam mich plötzlich ein Glücksgefühl. Wie in Trance hob ich meine Füße über die am Boden liegenden Schläfer, bis wir auf den überfüllten Bahnsteig gelangten, an dem der Zug nach Kalkutta abfuhr, wo unser nächstes Quartier wartete.

»Platform one! Platform one!«, dröhnte es aus den Lautsprechern, hallte es in dem Qualm aus Lokomotiven, Bratpfannen und Zigaretten.

Die Tante drängte sich durch das Markttreiben auf dem Bahnsteig, wo Händler aller Art mit ihren Schiebekarren, mit Luftballons, mit Fladenbroten, Zeitungen und Teekannen, wo Zirkuskinder, Flötenspieler und Gepäckträger hin und her laufend ihre Waren, Talente und Dienstleistungen ausriefen. Zwischen Bananenpyramiden, alten Männern am Stock, inmitten bepackter Großfamilien in bunten Stoffen, inmitten von Asketen, fetten Hindus, schüchternen Schülern, zwischen Haarschleifen, Regenschirmen, Turbanen, gezwirbelten Schnurrbärten, ambulanten Schuhputzern, fegenden Frauen, zwischen schwarzumrandeten Kinderaugen, ausspuckenden Mündern, Lastenträgern, Reklameschildern, Schlafenden, Betrügern und Träumern stand ich und hielt meinen Zettel fest in der Hand.

Ich wollte ihn erst dann öffnen, wenn ich sicher im Zug saß, kein Windzug mehr ihn fortwehen konnte.

In blauer Kugelschreiberschrift waren lediglich ein Name und eine Telefonnummer auf den Zettel geschrieben. Darunter stand in unsicherer Schrift: my uncle. Ich war enttäuscht. Ich hatte gehofft, der Rikschafahrer sei ein Rebell, ein Mensch von maßloser Begeisterung, der alles auf eine Karte setzte. Nun reichte ich den Zettel, als einziges Relikt dieser Begegnung, meiner Tante, die von Niedergeschlagenheit nicht viel hielt, sondern beschloss, die Nummer in Kalkutta anzurufen.

* * *

Kalkutta ist seit Jahrhunderten die Stadt der Dichter und Musikanten. Vom Bengalen heißt es: »He has his feet in the mud, his head in the clouds and his hands in other people's pocket.« In Bengalen hat Ramakrishna das Licht der Welt erblickt, in Kalkutta haben Tagore und Satyajit Ray gelebt.

Kalkutta war und ist immer noch die Stadt der Jahrmarktkünstler, der Buchmesse, der Bettler und Rikschafahrer. Mein Onkel hatte diese Stadt allen anderen Städten in Indien vorgezogen, da hier alle Rätsel, Ungerechtigkeiten, Künste und Glaubensformen des Landes auf die Spitze getrieben werden. Nur die Bengalen, die im Tod, im Verfall, im Moder den Keim des Lebens feiern, konnten Kali zu ihrer Schutzgöttin erwählen.

In dieser Stadt hatte sich mein Onkel in Ms Neetu Mukandadas verliebt, die Tochter der einstmals schönsten Frau der Stadt. Ms Mukandadas, die uns eingeladen hatte, lebte immer noch im Haus ihrer Mutter, umgeben von vergilbten

Schwarzweißfotografien aus den vierziger Jahren. Sie bewirtete uns in dem hinfälligen Kolonialgebäude, das umwuchert zwischen staubbedeckten Bananenbäumen und im Schatten hoher Banyanbäume stand, deren an die Oberfläche der Erde getretenen Wurzeln, deren Äste, Zweige und Lianengewächse langsam das Haus umschlangen und verschlangen. Plastiktüten flatterten durch den verwahrlosten Urwaldgarten, der nicht mehr die geringste Spur englischer Gartenpartys aufwies. Gerümpel, Kisten, Kästen, graue Filzdecken und Spinnweben füllten die einstmals herrschaftliche dunkle Eingangshalle. Die breiten Stufen in das erste Stockwerk waren ausgetreten und knarrten unter den Schritten, doch war man auf dem letzten Treppenabsatz mit staubschwarzem Rocksaum angekommen, öffnete sich der Blick in Ms Neetus Spiegelwohnung, die aus einer Reihe bordellhafter Empfangsräume mit Hunderten von Spiegeln, Sitzecken und Beistelltischen bestand.

Meine Tante hatte kein Auge mehr für Glanz und Staub. Kaum im Gästezimmer, wählte sie, auf der Bettkante sitzend, die Nummer auf meinem Zettel. Am anderen Ende der Leitung meldete sich eine seltsam melodiöse, fast androgyne Stimme. Außer »yes« und »no« brachte sie kein Wort Englisch hervor. »Tomorrow morning train to Shantiniketan«, rief meine Tante in den Hörer. »Howrah Station, Howrah Station! Five o'clock train!« Sie schrie den Namen des Bahnhofs und des Zuges in den Hörer, bis sie vermuten konnte, der andere habe es begriffen.

Am folgenden Tag um vier Uhr morgens klopfte die alte Dienerin von Ms Mukandadas an die Tür unserer Räume, in denen das Krächzen der Krähen widerhallte.

Um diese Zeit war es noch kühl, waren die Straßen der Stadt noch leer, wehten Müllfetzen um die schlafenden Bettler und Tiere, die, reglos wie Leichen, auf den Bürgersteigen, unter den Brücken, auf Türschwellen und unter Bäumen lagen. Frieden lag zu dieser Stunde über Kalkutta, solange die Hungrigen nicht an ihren Hunger, die Kranken nicht an ihre Krankheit, die Geschäftigen nicht an ihre Geschäfte, die Studenten nicht an ihr Studium, die Frauen nicht an ihre Töpfe, die Priester nicht an ihre Gebete, die Pilger nicht an ihre Pilgerstätten, die Tempeldiener nicht an ihr Dienen, die Straßenkehrer nicht an ihre Besen dachten; solange sie alle mit ihren Schmerzen, ihren Wunden, ihren Waren, ihren Büchern, ihren Gesängen, ihren Darbringungen, ihren Autos, ihren Rikschas, ihren Anliegen, ihren Forderungen, ihren Bitten, ihren Listen und ihren Plänen noch nicht die Straßen füllten, bevor die Architektur der Stadt bei Tagesanbruch immer schneller hinter und unter den Menschenmassen verschwinden würde.

Zu dieser Morgenstunde war noch das von den Briten erbaute Kalkutta zu erkennen, mit seinen an London erinnernden breiten Straßen, mit seinen großen, eleganten Häusern, seinen Parkanlagen, Friedhöfen, Clubhäusern, Trambahnschienen und weißen Kirchen, die immer noch wie hoch aufgeschossene viktorianische Lehrerinnen inmitten dieser tropischen, auf Sumpfland erbauten Stadt stehen.

Zu dieser Stunde hatte die Stadt etwas geradezu Vernünftiges und Bürokratisches an sich, etwas, was eine Ahnung davon aufkommen ließ, wie Indien aussehen könnte, wenn Ordnung und Vernunft eines Tages die Oberhand gewinnen würden, wie bereits in Neu-Delhis Peripherien. Diese vermitteln jetzt schon einen Angst einflößenden Eindruck von der sterilen

Zement- und Glashölle, in die sich auch Indien über kurz oder lang verwandeln könnte, wenn es nicht diesen in jedem Sinn unberechenbaren Himmel über sich hätte, der Jahr für Jahr die Vernunft der Inder auf die Probe stellt.

Wir Europäer mögen uns seit dem viktorianischen Zeitalter geändert haben, doch auch heute noch halten wir es, trotz allen Komforts und aller Kühlanlagen, ab April in einer Stadt wie Kalkutta nicht mehr aus, die bis in die erste Juniwoche einer Tag für Tag ansteigenden, die Menschen zu Tausenden niederstreckenden Hitze ausgeliefert ist, auf die dann vier Monate Monsunregen folgt. Es regnet für einige Stunden, dann hört der Regen für eine kurze Weile auf, Dampf steigt aus der Erde, und der Regen setzt wieder ein. Mark Twain, der im Jahr 1896 für zwei Tage in Kalkutta war, schrieb über das Wetter hier: »It is enough to make a brassdoor-knob mushy.« Ganz Kalkutta ist »mushy«, ist ein von Feuchtigkeit, Schimmel, Moder, Dunst bedrohter Termitenbau, eine Stadt wie ein morscher Pilz. Inmitten eines urwaldartig bewachsenen Grundstücks liegt der im Jahr 1767 auf den Trümmern der *St-John's*-Kirche erbaute englische *South Park Street Cemetry*. Mit seinen von der Sonne gebleichten, von den Regentropfen gefurchten Obelisken, Kuppeln, Pyramiden und Mausoleen steht dieser Friedhof als Sinnbild der Stadt im Zentrum.

Die Grabsteine sind zum Teil schon in die weiche Erde gesunken, die Schriften verwittert und unleserlich, der poröse Stein belebt von Katzen, Eichhörnchen, Schlangen und Schmetterlingen. Im Schatten boahaft aufragender Baumstämme tropft, bröselt, bröckelt, rieselt und kracht es leise vor sich hin, und ein seltsames Leben löst sich aus dem wuchernden Zerfall, eine merkwürdige Lust. Dass hier einst ein Bambuswald stand, dass Warren Hastings auf diesem Terrain Tiger jagte, kann sich der Friedhofspaziergänger ebenso mühelos vorstellen wie die Möglichkeit, dass eines Tages die gesamte Stadt wieder an die Natur zurückfällt.

Dieser wenig besuchte Friedhof, der wie ein stiller botanischer Garten an der Park Street liegt, ist für mich der schönste Ort in dieser Welt. Hier liegen die junge Lucia Palk, die Heldin aus Kiplings *Concerning Lucia* in seiner *City of Dreadful Nights*, und Rose Aylmer, eine unbekümmerte Siebzehnjährige, die, nach ihren Spaziergängen mit dem Dichter Landor in den Bergen und an den Küsten von Wales, zu Lady Russell, ihrer Tante, nach Kalkutta geschickt wurde. Diese Lady Russell war die Frau von Lord Russell, nach dem die berühmte Russell Street benannt wurde. Schon ein Jahr nach ihrer Ankunft starb Rose an Cholera. Landor brach es das Herz. Hier liegt François Le Gallais neben Mary Bowers und Colonel Short. François Le Gallais war Besitzer der berühmten Harmonic Tavern, wo Kaffee das Hauptgetränk war und sechs Monate alte Zeitungen aus London für die Stammkunden zum Durchblättern bereitlagen. Sein Grabstein ist zwar verschwunden, doch François liegt weiter an seinem Platz. Hier liegt Richard Becher, der Urgroßvater von William Makepeace Thackeray, und hier liegt Lady Anne Monson, eine Urenkelin von König Charles dem Zweiten. Sie starb ebenfalls innerhalb kürzester Zeit nach ihrer Ankunft in dieser Stadt, die sie dazu nutzte, einige tonangebende Whistpartys zu geben. Hier liegt Elizabeth Jane Barwell, Kalkuttas berühmteste Schönheit, die vor einem Maskenball ihren Verehrern die Farbe ihres Kostüms verriet, worauf zwölf junge Männer in erbsengrünen Kostümen auf dem Ball erschienen, um sich der Farbe ihres Gewandes anzupassen, und Miss Barwell tanzte mit allen, tanzte bis in die Morgendämmerung und wurde von ihren Verehrern unter Gesang in einer Sänfte nach Hause getragen. Hier liegt Sir William Jones, der bekannte Orientalist und Direktor der *Asiatic Society* in der Park Street. Hier ruhen Menschen, die an Geist, Mut und Schönheit kaum ihresgleichen haben. All diese tanzenden Schönheiten, diese Offiziere, Kunstsammler, Orientalisten, Stilisten, Abenteurer, Händler, Spieler und Trinker geben auch heute noch den Ton unter den hohen alten Bäumen an. Die zerbröckelnden Grabsteine strahlen etwas aus, was mit dem Rest der Stadt, mit Indien nichts zu tun hat. Es ist ein fremder, ein europäischer Geist; hinter den Inschriften steht immer noch die von einem merkwürdigen Leichtsinn getriebene Sehnsucht, die jene Engländer über den Ozean in diese damals in jedem Sinn gefährliche Weltgegend führte. Es war auch der Geschäftstrieb, der mit seiner Geld- und Machtgier in diesem tödlichen Sumpfgebiet seine Zelte aufschlug. Doch war es vielleicht noch etwas anderes, was diese Menschen hierherzog. Es musste Indien selbst gewesen sein, das bis heute das Rätsel seines Wesens bewahrt hat.

Der Versuch zu begreifen, weshalb man Indien liebt, ist ebenso sinnlos wie der Versuch zu erklären, weshalb man das Leben liebt.

An der Howrah Station herrschte jenes Bahnhofstreiben, das wir aus den großen russischen Romanen kennen. Die Halle war gleichsam geladen von Ankunft und Abfahrt, von Willkommen und Abschied. Wer sich von diesem Bahnhof aufmachte, machte sich immer noch ins Leben selbst auf. Der Besitz einer Fahrkarte gab hier noch jedem das Gefühl, eine mögliche Lebenswende in der Hand zu halten, und jeder trug, je nach seinem Stand, sein eigenes Reisegesicht. Der Beamte setzte sein Aktentaschengesicht, der Vertreter sein Vertretergesicht, der alte Vater, der seine Tochter auf dem Land besuchte, sein Vatergesicht auf, und die Kinder, die ja sowieso auf der ganzen Welt ihr eigenes Reisegesicht haben, blickten wie aufgeklappte Malkästen aus den Fenstern. Am wichtigsten nahm sich jedoch der Schaffner, es schien, als lebte er im Dienst seines ihm selbst imponierenden Schaffnerausdrucks. Dieser gewährte ihm seine Macht über den ganzen langen Zug, eine Macht über die Erst-, Zweit- und Drittklässler, wobei sich sein Mienenspiel von Klasse zu Klasse veränderte. In der ersten Klasse war er noch zu einem Lächeln bereit, in der zweiten wich dieses Lächeln schweigender Nüchternheit, und in der dritten verwandelte es sich in eine Peitschenkurve. So ein indischer Bahnschaffner hält sich für die Autorität selbst. Von ihm ist weder Wohlwollen noch kameradschaftliches Geplauder zu erwarten. In einer blauen Uniform mit goldenen Knöpfen geht er durch den Zug wie ein Fabrikdirektor durch seine Fabrikhallen. Lehrerhaft rügend straft er jeden mit strengem Blick. Sauberkeit und Ordnung sind sein ganzes Bestreben.

Durch die offenen Zugtüren wehte die Luft der westbengalischen Landschaft. Es war ein warmer Geruch, mit dem Geschmack nach Asche und Urin, und eine unruhige Sinnlichkeit drang aus der noch dunklen, doch nicht mehr nächtlichen Luft. Durch den Amethysthimmel brach nach und nach das Licht in allen seinen Dämmerungsfarben hindurch, bis die Sonne rot und rund, ein glühender Karneol, am Himmel stand.

Nur der Ungläubige versäumt in diesem Land den Anblick des Sonnenaufgangs. Für Priester, Sadhus und Asketen, für alle

Frommen ist der versäumte Sonnengruß eine Entwürdigung des Tages. Das Erscheinen der Sonne am jeweiligen Horizont des Andächtigen segnet und eröffnet ihm seinen Tag. Denn in Indien laufen die Menschen noch hinter den Göttern her. Hier wird den Göttern Morgen für Morgen mitgeteilt, dass man ihrer für den aufsteigenden Tag bedarf. Die Inder legen sich durch gesegnete Blumengirlanden, Holzketten, Sandelholztupfer, durch geweihte Tücher und Ringe die Götter an den Körper. Wer an den Ufern eines Flusses lebt, eilt der Sonne voraus ans Wasser, um im Augenblick der Epiphanie sein Opfer darzubringen und sich reinzuwaschen, doch auch in den Städten herrscht kurz vor Sonnenaufgang jene heilige Spannung, die ihre Lust am Ewigen stillen will und sich unmittelbar nach Sonneneinzug in tumultuöser Lebhaftigkeit auflöst.

Selbst im Zug lag die Luft eines geschlossenen Tempels, hinter dessen Türen die Priester mit einem Poliertuch über Marmor, Kupfer und Glas wischen. Die reisenden Männer zogen ihre Plastikkämme aus den Taschen, glätteten ihr schwarzes, rotes oder weißes Haar, reinigten sich mit einem Neemzweig die Zähne, bohrten konzentriert in der Nase und betrachteten sich in den tintenblauen Zugfenstern. Die Frauen richteten es sich auf den Sitzpolstern mit ihren Kindern, ihren Stoffen, Früchten, Nusstüten, Teekannen und Zeitungen ein, als gelte es, die Zeit bis ans Ende ihrer Tage in diesem Zug zu verbringen. Auf den Gesichtern dieser Zweitklässler, deren Glaube immer mehr westlichen Vorstellungen wich, lag dennoch etwas von der Morgenandacht, die Millionen von Gläubigen an die Ufer des Ganges oder vor ihren Hausaltar drängt. Der Schwung, mit dem unzählige Tempelglocken des Landes zum Klingen gebracht werden, ging auch durch unser Abteil.

Aus welchen Gründen auch immer, das langsame Rattern, Schwanken und Schaukeln des Zuges gab einem das Gefühl der Freiheit ein. Dieses Gefühl, aufbrechen zu können, war sehr stark, und ich war ganz in seinem Bann. Jeder Betelnussverkäufer, jeder Teeverkäufer, jeder Obstverkäufer oder Stoffhändler bot mir, mit seinen Waren, etwas von seinem Leben an. Ich dachte gerade daran, dass mir die Flüsse, Tümpel und Seen, die Frau im kobaltblauen Sari, die unter einem schwarzen Schirm einen roten Sandweg entlangschritt, die weißen Wasservögel, die Kinder, die Bäuerinnen und die Bauern auf den Feldern, all die Menschen, Tiere und Pflanzen in Europa fehlen würden, als plötzlich eine seltsam gurrende Musik und die Stimme eines Sängers im Abteil erklangen. Ich hörte die Tante sagen: »Mr Bill hat viel zu viele Turbane für einen Menschen, der keinen Kopf hat«, als zwei Sänger vor unsere Sitze traten, noch etwas feucht vom Dunst des Morgens. Sie begrüßten uns mit wasserblasenartigen Lauten, die aus einem kürbisähnlichen einsaitigen Streichinstrument drangen. Solche Musik hatte ich nie zuvor vernommen, sie hielt unerschütterlich Takt mit dem Geratter des Zuges und drang mir so ins Herz, dass ich förmlich aus mir heraustrat. Es war gar nichts Ungewöhnliches geschehen, nur zwei Sänger waren in den Zug gestiegen. Ihr Gesang verlangte völlige Hingabe. Alles rundherum wurde zu Musik. Die Männer füllten mit ihren Stimmen den Raum, als zögen sie feste Fäden von der Decke zum Boden, vor die Fenster, um die Sitze. Sie lächelten nicht, sie rührten sich nicht vom Fleck, bewegten nur ihre mageren, langen Finger über die Instrumente und hielten singend die Augen fest auf uns gerichtet. Ich wollte sie fragen, woher sie kamen, wer sie waren, und wartete auf das Ende ihrer Musik, doch kaum öffnete ich den Mund, um sie zu unterbrechen, zupften sie fester auf ihrer Laute, trommelten härter auf den Kürbis und hoben ihre Stimmen.

Ich wunderte mich über ihre anmaßende Art, die geradezu schamlose Verachtung, mit der sie sich gegen jedes Gesetz der Höflichkeit vergingen, indem sie sich nicht von ihrem Fleck rührten. Die Reisenden, Gepäckträger und Händler mussten sich an ihnen vorbeidrücken. Ich wunderte mich über den Mut, mit dem sie, in ihre bunten, löchrigen Gewänder gekleidet, so laut und in äußerster Anspannung musizierten. Wer solche Musik erzeugt, dachte ich, der zählt weder zu den Sterblichen noch zu den Unsterblichen, der ist mit Leib und Seele Musik. Aber wer waren diese zwei, die einander wortlos auf schwierige Stellen hinwiesen und sich durch einen kurzen, festen Blick verständigten? Wer waren sie, dass sie sich mit ihren langen Ketten wie zwei Könige in den Raum stellten, um Musik zu machen, wer waren sie, die auf ihren nackten Sohlen so fest und sicher standen? Der eine war groß von Gestalt, mager und sehnig, mit scharfen, schlauen blauen Augen und poetischem Mienenspiel, das dünne geölte Haar zu einem Knoten auf seinem Scheitel zusammengebunden. Er hielt in seiner Hand die *gugubda,* das Instrument, das die wasserblasenartigen Klänge von sich gab. Gekleidet in ein würfelgemustertes, bis zu den Knöcheln reichendes Gewand, trug er um den Hals eine Kette aus bunten Glaskugeln. Er sang, begleitet von dem Lautenspiel seines kleinen Begleiters, dessen Haar und Bart brandschwarz sein Gesicht verbargen. Auch er trug einen Mantel aus verschiedenen zusammengenähten Stoffstücken.

Waren es jene Sänger, die ich in der Kapelle des heiligen Martin in Assisi auf dem Fresko von Simone Martini gesehen hatte, die auf einer Mandoline und auf zwei Flöten spielten?

Ihre Gewänder waren durch die lange Reise nach Indien verschlissen, doch es waren dieselben Sängergewänder, die sie im Jahr 1312 von Simone Martini erhalten hatten, bodenlange, gewürfelte Umhänge. Ihre Haut war unter dem äquatorialen Sonnenlicht dunkel geworden, aber die wilde Poesie, die in ihnen lag, hatte durch die Jahrhunderte nicht an Kraft verloren. Immer noch ernst, spielten sie mit einer Hingabe, als hätten sie soeben der Weisung des Heiligen beigewohnt.

Während des Spiels hatte der große Sänger nicht gelächelt, doch als seine Finger für einen Augenblick vom Spiel auf der *gugubda* abließen, da zeigte er ein Lächeln, in dem ich das Lachen des Rikschafahrers wiedererkannte.

Erneut hoben die zwei zum Gesang an, musizierten voll Würde und ohne Unterlass, als der goldbeknopfte Schaffner ihr Spiel unterbrach. Er schrie sie an und hob den Knüppel, der an seinem Gürtel hing, als wollte er die Sänger wie Schlangen aus dem Abteil jagen, und ich dachte an jene Knechte, die Nägel durch Finger und Füße dessen trieben, der mit seinen Händen Seuche und Krankheit geheilt, der mit seinen Händen Besessene, Mondsüchtige und Gichtbrüchige gesund gemacht hat. Ich dachte, dass es immer Knechte gibt, die die niedrige Arbeit leisten, wie dieser Schaffner, der den Sängern mit seinem Knüppel drohte, um für eine Ordnung zu sorgen, die aus unserem westlichen Weltteil schon längst alle Wanderprediger, Wanderdichter und Heiligen vertrieben hat. Jesus hatte mit seinen Händen und Worten geheilt, diese Wandersänger heilten mit ihrem Gesang, mit ihrer Musik.

Die Wanderdichter waren Abkömmlinge der *bauls*, der von Dorf zu Dorf ziehenden Fakirdichter, die an ihren langen Gewändern, ihren langen Haaren und ihren langen Ketten zu erkennen sind. Das Wort *baul* heißt »verrückt«. Der *baul* singt, um die Unendlichkeit in sich selbst zu finden. Der *baul* ist ein Narr Gottes, besessen von der Lust nach Initiation, von der Lust, noch in diesem Leben aufzuerstehen, noch in diesem Leben aus der toten Hülle des menschlichen Körpers aus- und in die göttliche Substanz einzutreten. *Bauls* sind jene Menschen, die seit dem Mittelalter von dem Gedanken besessen sind, jede gesellschaftliche Fessel zu sprengen, um singend, wie es bei Gogol heißt, »aus toten Seelen lebendige zu machen«. Das tut der *baul* mit großen Bildern, mit dunklen, nur dem Eingeweihten verständlichen Anspielungen, ja, er mischt sich wie ein Verrückter unter die Menschen. Schon Chaitanya warnte: »Verharre in Ruhe und kehre nach Hause zurück. Sei kein *baul*!«, denn die unbedingte Freiheit des *baul* macht Angst. Er gehört keiner Religion, keiner Sekte, keiner Familie, er macht sich mit seiner *gugubda* und seiner *ektara* vor Sonnenaufgang auf den Weg, allein der Musik verschrieben.

Die *bauls* sind Mittlerfiguren zwischen Erde und Himmel. Sie wurden jetzt vom Schaffner an den Ellenbogen gepackt und bei der nächsten Station aus dem Zug hinausgedrängt. »Ich lasse die beiden nicht allein«, rief meine Tante, packte ihre Tasche, lief, ein Buch unter dem Arm, aus dem Abteil, und ich lief hinter ihr her.

Die Sänger rückten ihre Tücher und Ketten zurecht, sahen nach ihren Instrumenten und schienen sicher, dass wir ihnen folgten.

Wie anders war es doch, auf den Landstraßen zu gehen, auf der der Brahmane mit seiner Kuh, der Bettler mit seinem Bettelstab, der Hirte mit seinen Ziegen, der Bauer mit seinem Spaten, das Schulkind mit seiner Schultasche ging, auf der sich Kühe, Affen, Katzen, Hunde, Schlangen, Vögel, Ochsen, Büffel, Schweine und Ratten tummelten.

Die Sänger kannten die Bäume, unter deren Schatten wir ausruhten, bevor wir weiterzogen, die Sänger kannten die Brunnen, in die wir unsere Arme tauchten. Schwärme von Krähen hoben sich vor uns in die Höhe. Tauchervögel schlüpften durch die Tümpelschilfe. Meine Tante kniete manchmal nieder, um von der Straße einen kleinen Stein aufzuheben, dessen Funkeln in der gleißenden Sonne sie im Weitergehen bewunderte. Jeder Schritt ließ Schwärme von Insekten aufstäuben, die über den stehenden Gewässern wie silberne Nadeln zitterten. Aus jedem Baum schoss ein Vogel, aus jedem See stieg ein Wasserbüffel. Was hier nicht Tümpel, Teich und See war, war Reisfeld, Ackerland und Palmenhain, überschattet von Geiern.

Die Ziegenhirtinnen mit ihren Stöcken in der Hand hoben sich scharf von dem klaren Himmel ab. Erntewagen, hoch beladen mit Weizengarben, auf denen Bäuerinnen mit ihren Kindern thronten, schwankten vorüber. Kleine Mädchen strahlten mit ihrem Flittergold im Haar, und aus den dachlückigen Hütten quoll Feuerrauch. Es war, als schritten wir durch den endlosen Raum eines dachlosen Hauses, so offen lag das Leben der Bewohner dieses Landes, die außerhalb der Hütten und Häuser ihrer Arbeit nachgingen: an den Flussufern klopften sie die Wäsche, unter alten Bäumen war eine Schule, im Schatten der Bäume ließen die einen sich rasieren, andere beteten oder hatten dort Gerichtssäle eingerichtet, vor den Hütten wurde gekocht und gebacken, und man saß miteinander im Kreis und lachte.

War es die Hitze, dass meine Tante sich einiger Dinge aus

ihrer Reisetasche entledigte und sie an den Straßenrand legte? »Folgen wir den Sängern!«, rief sie.

Was mich anbelangte, so war mir ihr Entschluss nur recht, denn ich hatte nichts zu verlieren. Ich ergab mich in das Knistern aus den Weizenfeldern und das Andringen der Staubwolken, die uns die Ochsenkarren, die Einspänner und Fahrräder ins Gesicht wirbelten, ich wurde eins mit der Landschaft. Ganz gefangen im Zauber der unerwarteten Wendung, die meine Tante meinem Leben gegeben hatte, liebte ich bereits den Weg, den wir eingeschlagen hatten, und machte mir keine Gedanken darüber, wo er hinführen würde.

Bei Sonnenuntergang gelangten wir mit den Sängern in eine kleine Stadt. Sie blieben in einer Gasse vor dem dunklen Hauseingang eines heruntergekommenen siebenstöckigen Zementbunkers stehen. *Kream Korner* stand in großen weißen Lettern über der Tür. Eine schmale, steile und wackelige Stahltreppe führte hoch und höher bis auf das Dach des Wohnblockes. Die Hitze des Tages glühte noch auf dem Zementboden, als wir, wie an Bord eines Frachtkahns, unter dem Nachthimmel standen.

Hier oben saß der Besitzer des Lokals an einem Blechtisch, nur einige Zentimeter vor dem Abgrund. Tief unten leuchteten die Lichter der Stadt, und über uns blinkten hinter den Neonlichtern fahl die Sterne.

In dieser Höhe hatte sich der Koch auf nur zwei Gerichte spezialisert: auf gemüsegefüllte *pakoras* und auf *dhal*. Die Flammen seines Gasherdes flackerten in der Ecke, wo er seine gefährliche Küche eingerichtet hatte. So wie der fette Lokalbesitzer nah am Abgrund auf seinem Stuhl schaukelte und unter dem Sternenhimmel das Geld der Klienten einsammelte, so bereitete der Koch in heiterer Gelassenheit seine scharfen *pakoras* und seinen noch schärferen *dhal* in ständiger Lebensgefahr. Eine Katze guckte ihm in den Kochtopf und sprang, einem Schlag ausweichend, über seine Arme auf das Nachbardach.

Keine Mauer, keine Brüstung, kein Gitter, nichts kennzeichnete den Übergang vom Dach in die dunkle Leere, und doch herrschte hier eine geradezu nervenkitzelnde Unerschütterlichkeit. Von den schweißnassen Schultern meiner Tante glitt der steinchengefüllte Rucksack, von dem sich zu trennen ein letzter Rest von Verstand sie bewahrt hatte. Sie taumelte etwas beim Anblick der schwindelnden Tiefe, die sich vor uns auftat, und griff nach einem Stück Wand, von der ein Stück abbröckelte, und so wich auch noch der letzte Rest Farbe aus ihrem Gesicht.

Auch der Tisch der Sänger lehnte sich an das Nichts. Bei einer unvorsichtigen Bewegung würde das Aluminiumgestell über den Dachrand ins Dunkel gleiten.

Ein kleiner Junge trat an den Tisch und wischte mit einem vor Schmutz triefenden Lappen über die Platte, verwischte die zerkochten Linsen und die Pakorakrümel und schenkte mit geradezu hochnäsiger Eleganz, als sei er Barmann im *Ritz* und nicht Schmutzfink im *Kream Korner*, aus seinem zerbeulten Blechkrug Wasser in die Becher.

Die Mütze des Kochs bewegte sich beim Kneten des Teiges auf und ab. Die Gäste kauten still und mit einer gewissen Sturheit ihr Nachtmahl, während über ihnen, im kalten Schein der Neonbeleuchtungen, die Fledermäuse flappten. Wie die Mücken und Fliegen nahmen die Gäste von dem tödlichen Abgrund nicht die geringste Notiz, und auch die Sänger setzten sich mit größter Selbstverständlichkeit an den Rand des

Kessels und lehnten ihre Instrumente an die Tischbeine. »Das war dann wohl das Ende unserer Reise«, sagte die Tante, »eine falsche Bewegung, und wir dringen noch tiefer in dieses Land ein, so wie du dir das immer gewünscht hast.«

Die Glasperlen um die Hälse der Sänger klackten gegen den Rand des Tisches, als sie ihre Köpfe wie zwei Vögel über den Rand der Teller beugten. Außer einem Glas Wasser und einer Schüssel *dhal* wollten sie nichts zu sich nehmen. Der heiße Nachtwind flog ihnen um Stirn und Haar. Ich sah sie fragend an, doch da griffen sie schon wieder nach ihren Instrumenten, schoben ihre Stühle mitten auf das Dach und fingen zu singen an: »Barttaman jiniser anuman hay barttaman na janile anuman nay barttaman nai jane anuman bhabe adrsyer anuman kemane bhabibe.« Da flüsterte meine Tante: »Ich muss meine Blase leeren.« »Hier oben?«, rief ich. »Hier? Jetzt und hier?« »Ich muss. Und du musst mit.«

Vorsichtig schob ich meinen Stuhl zurück und griff nach ihrer Hand. Die Sänger spielten und sangen jetzt mit geschlossenen Lidern, die Almosenschüsseln vor ihren Füßen. Ihre Stimmen drangen himmelwärts, die Gäste im *Kream Korner* sangen leise mit. »Toilet?«, fragte ich den Lokalbesitzer, der mit seinen Fingern im Takt der *gugubda* auf die Tischplatte trommelte. »No toilet.« »Toilet!«, schrie ich. Er spuckte einen blutroten Schleimbrocken zwischen seinen faulen Zähnen in die Dunkelheit und rief nach dem kleinen Jungen. Der lachte, als er von seinem Auftrag hörte. »Ettatme, petatme, mag mara, jhubari-mara«, hallte es in die Nacht, als ich mit der Tante an der Hand dem Kleinen über das Dach folgte. Doch ich erwachte jäh aus meinen Träumen, als ich den Weg sah, den wir anzutreten hatten: Hinter der Treppe, die wir emporgeklommen waren und deren letzter Absatz das Dach selbst bildete, führte ein rinnsteinschmaler Stahlgrat zu einem Verschlag, der wie ein klappriges Taubenhaus an dessen Ende lag. Es gehörte eine gewisse Kaltblütigkeit dazu, hier entlangzubalancieren, lediglich um seine Blase zu entleeren. Der türkise Rock meiner Tante blähte sich im Wind, der am Gerüst rüttelte. »Los«, sagte sie, als sie wie eine große Equilibristin ihren rechten Fuß auf den Grat setzte, dem Jungen folgend, der sie lachend lockte. Ich sah, wie ihr ein Wassertropfen aus einem Rohr in den Nacken rann, wie sie am ganzen Körper zu zittern anfing, als habe ein Geist nach ihr gegriffen. Unter ihrer heißen, feuchten Hand, mit der sie tastend an der Zementmauer auf der rechten Seite des Pfades entlangglitt, bröckelte der staubige Mörtel, während auf der linken Seite die grauenerregende Tiefe lauerte. Meine Tante sah nicht nach unten, wo die Autos zum Greifen klein auf den verschlungenen Straßen fuhren und von wo leise die Rufe aus den Basaren nach oben drangen. Der schwindelnde Niederblick auf die Stadt hätte sie gefährdet. Sie blickte weder nach unten noch nach oben, sondern starrte auf den Rücken des Jungen, der sie führte. Vor meinen Augen aber schmolz die Stadt zu heißer Butter brodelnd zusammen, während ich Schritt vor Schritt setzte, den aufwallenden Rock der Tante im Auge. Das war es dann wohl, dachte auch ich, als ich den Sog der Tiefe um meine Beine spürte. Erneut rüttelte ein Windstoß am Gerüst. Ein falscher Schritt, und es war aus mit uns, doch da hörte ich, wie die Tür zum Verschlag sich öffnete.

Der Kleine zündete sich eine Zigarette an. Er zwinkerte mir zu. »Kream Korner is dream corner«, sagte er.

Als die Tante aus dem in der Luft schwebenden Pissoir hervortrat, war wieder ein wenig Farbe in ihr Gesicht zurückgekehrt. Ihre Ohrringe klirrten im Wind, als wir uns auf den Rückweg machten.

»Nichts führt mich mehr zurück«, rief sie, auf dem Dach angelangt, »kein Garten und keine Bibliothek! Wie durch ein Wunder hatten wir eine letzte Gelegenheit, unserem banalen Leben ein Ende zu machen. Nun heißt es, mit neuen Augen zu sehen, mit neuen Ohren zu hören. Wie in der Natur gibt es auch im Leben des Menschen nichts Zufälliges. Alles ist Karma! Dass der Rikschafahrer dir die Telefonnummer seines Onkels gegeben hat, stand so fest wie der Zusammenprall zweier Mylabriden. Jetzt heißt es nur noch, singen zu lernen!« Sie warf einen Blick auf das stille Dach. Die Sänger waren verschwunden.

Die Tante nahm ihren Rucksack und sagte: »Ob mit den Bills oder den *bauls* – wir machen unser Glück in Indien nicht. Und falls du jemals ein Buch schreiben solltest, nenne es *Kream Korner*.«

FSC
Mix
Produktgruppe aus vorbildlich
bewirtschafteten Wäldern und
anderen kontrollierten Herkünften

Zert.-Nr.GFA-COC-001278
www.fsc.org
© 1996 Forest Stewardship Council

4. Auflage 2011

Umschlaggestaltung: Nina Rothfos und Patrick Gabler, Hamburg
Typografie: Birgit Thiel, Berlin
Gesetzt aus der Goudy von Greiner & Reichel, Köln
Druck und Bindung: CPI – Ebner und Spiegel, Ulm
Printed in Germany
ISBN 978-3-8270-0963-0

www.berlinverlage.de